Emilio Rabasa

LA BOLA

edición de
Luis Leal

STOCKCERO

Rabasa, Emilio

    La bola / Emilio Rabasa ; edición literaria a cargo de: Luis Leal -

    1a ed. - Buenos Aires : Stock Cero, 2006.

    152 p. ; 22x15 cm.

    ISBN 987-1136-55-2

    1. Narrativa Mexicana. I. Leal, Luis, ed. lit. II. Título

    CDD M863

1º edición: 2006
Stockcero
ISBN-10: 987-1136-55-2
ISBN-13: 978-987-1136-55-1
Libro de Edición Argentina.

Hecho el depósito que prevé la ley 11.723.
Printed in the United States of America.

stockcero.com
Viamonte 1592 C1055ABD
Buenos Aires Argentina
54 11 4372 9322
stockcero@stockcero.com

Emilio Rabasa

LA BOLA

Índice

Introducción VII

La bola

– I – 3

Un día de fiesta

– II – 9

El pueblo y sus gentes

– III –...15

Suceso grave

– IV –...21

Los festejos

– V – 27

Remedios

– VI –...33

«La Conciencia Pública»

– VII –..39

¡También yo!

– VIII – 49

Los Llamas

– IX –..57

Contribuciones

– X – 63

En San Bonifacio

– XI –..71

El campamento

– XII – 77

La acción

– XIII – 81
En San Martín
– XIV – 87
La Fuga
– XV – 91
Un encuentro
– XVI – 97
Rumores y noticias
– XVII – 103
El asalto
– XVIII – 109
Última lucha
– XIX – 113
El vencedor
– XX – 121
La enferma
– XXI – 127
¡Bola!
– XXII – 133
Punto final

Introducción

Entre los intelectuales mexicanos de finales del siglo diecinueve y primeras décadas del veinte destaca el nombre de Emilio Rabasa (Ocozocuautla, Chiapas, 1856-México, D.F., 1930), abogado que cultivó la historia, la crítica literaria, el ensayo y la novela. Además, fue periodista y participó activamente en la política. Llegó a gobernador y senador de su estado natal. Tuvo también varios puestos en el gobierno de Oaxaca, Estado donde había estudiado derecho. En la ciudad de México participó activamente en los círculos jurídicos y universitarios. La carrera literaria la inició a los treinta años con la antología *La musa oaxaqueña* (1886). El interés en la novela lo demuestra temprano, al dedicar artículos en el periódico capitalino, *El Universal* (del cual él fue uno de los fundadores) a Pérez Galdós, Jorge Isaacs y otros. Como crítico literario y como historiador no evadió la polémica, que sostuvo con los críticos Francisco Sosa, Manuel Puga y Acal y otros. Sus escritos periodísticos y literarios los publicaba bajo los seudónimos Sancho Polo y Pío Gil. Entre sus ensayos políticos más importantes se encuentran los titulados *La Constitución y la dictadura...* (1912) y *La evolución histórica de México* (1920). A pesar de haber publicado obras tan importantes como las anteriores, que sin duda tuvieron influencia sobre Samuel Ramos en su obra *El perfil del hombre y la cultura en México* (1934), en Daniel Cossío Villegas y tal vez también en Octavio Paz, Rabasa no es recordado por ellas, sino por sus cinco novelas, todas de asunto político: *La bola* (1887), *La gran ciencia* (1887), *El cuarto poder* (1888) y *Moneda falsa* (1888), a las cuales en 1891 añadió la novelita *La guerra de tres años*.

A las cuatro primeras, que algunos críticos consideran como una sola novela dividida en cuatro partes, además de la presencia de algunos de los mismos personajes (Juan Quiñonez aparece en las cuatro novelas), les da unidad el tema político, o más bien, la crítica del político que lucha, como en *La bola,* por el poder. La gran ciencia a la cual se refiere el título de la segunda es precisamente eso, la ciencia de saber cómo mantener el poder. En *El cuarto poder* se introduce una variante del tema político: la satírica crítica del periodismo en la capital. El título de la cuarta novela, *Moneda falsa,* se refiere a aquellos personajes que se han apoderado del poder con falsas pretenciones, no para servir al público sino para beneficiarse personalmente. En su última novelita, *La guerra de tres años,* Rabasa trata un asunto que ha dividido al pueblo mexicano, el conflicto entre liberales y conservadores. Las Leyes de Reforma aprobadas durante el gobierno de Benito Juárez, y la Constitución liberal de 1857 que las integra , provocó la llamada guerra de tres años, que termina en diciembre de 1860.

Rabasa es considerado como el introductor del realismo en la narrativa mexicana: el suyo es un realismo –como lo es el de otros realistas mexicanos– que más tiene de español que de francés. Las influencias en Rabasa vienen tanto de Galdós como de las novelas mexicanas anteriores, desde *El periquillo sarniento* (1816) de José Joaquín Fernández de Lizardi hasta *Baile y cochino* (1886) de José Tomás de Cuéllar. Una característica que distingue a este realismo mexicano del europeo es la percepción de la realidad social, que nunca es totalmente objetiva. Otra es la presencia de elementos románticos, ya que el romanticismo no desaparece del todo, como vemos en *La bola*. Ni siquiera Federico Gamboa, autor de *Santa* (1903) la novela representativa del naturalismo en México, se escapa de esta presencia romántica. Otros novelistas del período porfirista que denotan las mismas características son Rafael Delgado, autor de *La Calandria* (1890) y José López Portillo y Rojas, autor de *La parcela* (1898).

En *La bola* se encuentran elementos retóricos narrativos tradicionales muy comunes en las novelas de autores mexicanos anteriores a Rabasa, tanto como novedades que apuntan hacia la novela del futuro. Como en *El Periquillo Sarniento* de Lizardi y en *Clemencia* de Altamirano, el narrador, en primera persona, recuerda sus aventuras. Juan Quiñonez, el héroe de Rabasa, se acuerda de la bola (revolución local) en su pueblo, San Martín de las Piedras, cuando tenía veinte años. Tradicional también es el recurso de intercalar en la narración, en este caso de los hechos políticos, una trama secundaria relativa a las relaciones amorosas entre Juan y Remedios, con el propósito de darle interés a la trama. Muy común en la narrativa tradicional era el narrador que se dirige al lector / lectora, recurso muy frecuente en Rabasa. Ese recurso, como es sabido, Ortega y Gasset lo criticaba porque según su teoría, el novelista no debe sacar al lector del mundo hermético de la novela, lo cual ocurre al dirigirse al lector en su mundo. Sin embargo, Rabasa introduce una novedad. A los lectores que no les guste el desenlace, los invita a que esperen una continuación de la novela. La obra termina con estas palabras: «Y si esto le parece al lector insuficiente para punto final, ponga punto y coma, espere otro librito, y no reñiremos»

En el estilo, la detallada caracterización de los personajes y el ambiente pueblerino, Rabasa supera a sus precursores. Sus conocimientos de la lengua española (era miembro correspondiente de la Academia), de la historia y la cultura de México y de Europa eran extensos. Al mismo tiempo, se vale del humor, la ironía y la sátira para mejor poner al descubierto la falta de refinamiento en San Martín de las Piedras, en donde ya el nombre es simbólico de su rudeza. Pero también tiene gran habilidad para describir el conflicto bélico. Su descripción de la toma del pueblo por las fuerzas rebeldes es reminiscente del capítulo «La toma de un pueblo» en *Los de abajo* (1915) de Mariano Azuela. Ésta y otras escenas parecidas dan a la novela un tono sumamente dramático. Nos preguntamos por qué, a pesar de ello, la obra no ha sido llevada a la pantalla, ya que tiene todas las características que constituyen los filmes de acción.

Sin duda lo más importante de *La bola* es el hecho que Rabasa se vale de la forma novela para develar los defectos de los cuales adolecía la sociedad mexicana durante el porfiriato, en este caso la lucha por el poder en un pueblo pequeño cuyos caudillos sacrifican a la comunidad, no con el propósito de mejorar las condiciones sociales , sino de obtener el poder y engrandecerse.

El estilo de Rabasa ha sido elogiado por Daniel Cossío Villegas y otros críticos, y con razón, ya que es sumamente complejo y rico en imágenes originales, lo cual ayuda a la caracterización de los personajes y a las descripciones del ambiente. De la voz de un personaje nos dice que tenía un «tono resbaloso como piel de gato ... en esa entonación que parece que trata de rozar blanda y flexiblemente la nuca del que escucha. Esto me parecía desde entonces adulación indirecta y disimulada.» Ya que su novela es realista, prevee que le podrían criticar el estilo, y dice: «No se me tilde y note de prosaico, que al fin no invento sino refiero».

En ciertos aspectos de su técnica narrativa Rabasa se adelanta a su época. La metanarrativa la encontramos en expresiones como ésta: «Perdónenseme estas pequeñas digresiones referentes a mi persona; mas por una parte, están justificadas con el hecho de tener yo tan principal parte en los acontecimientos que voy a referir, y por otra, justo es que al recordar mis años juveniles, la memoria se derrame sobre el campo de mis más íntimos sentimientos, y la pluma escriba lo que con tanta viveza se presenta a mi imaginación.» Salta a la vista también la intertextualidad, tan de moda en la narrativa de nuestros días. Antes de hacer una descripción del ambiente pastoril menciona las *Bucólicas* de Virgilio; menciona algunas novelas, no solamente de Zola y otros novelistas famosos, sino también obras populares. Cuando Juan tiene que abandonar el cuarto donde se ha refugiado, dice que no tuvo tiempo ni de leer el primer capítulo de la novela *El judío errante;* al caracterizar a algunos personajes, los compara con los tres mosqueteros; para decirnos que cierto militar siempre llegaba tarde lo compara con el general alemán que ayudó a Wellington en Waterloo, y cuando un personaje describe a otro, nos dice que lo hace dando más detalles que

Castelar da de Byron en su biografía del poeta inglés.

No menos obvia es la actitud satírica con que se describe el mundo de San Martín de las Piedras. De algunas personas nos dice que «han abrazado una u otra causa sin saber ni averiguar por qué.» Al describir el mismo pueblo, que muy bien podía ser su propio lugar de nacimiento, se vale de estas palabras, para que no quede duda de que lo que dice es la verdad: «San Martín existe, aunque no aparezca en el Diccionario de García Cubas: Pero el pueblo existe, como existo yo, que en su parroquia tengo mi fe de bautismo; y me creeré el más afortunado y útil de sus hijos, si este libro puede vindicar sus fueros, y sacarle de la oscuridad en que con mengua de la verdad geográfica e histórica yace hundido». Lo cual nos hace sospechar que *La bola* es, en su mayor parte, autobiográfica. Encontramos, también, un breve ensayo en torno a la diferencia entre una bola y una revolución. La revolución cambia las cosas, inicia una era de progreso: la bola no cambia nada, no beneficia al pueblo.

En fin, *La bola* es una terrible denuncia de lo destructivo que son los levantamientos promovidos por caciques locales que por obtener el poder sacrifican el bienestar del pueblo. Desde otra perspectiva, la de la historia de la novela mexicana, *La bola* es una verdadera precursora de la narrativa de la revolución mexicana de mil novecientos diez, la bola más grande en la historia de México.

Luis Leal
Universidad de California
Santa Bárbara, California

LA BOLA

– I –

Un día de fiesta

El pueblo de San Martín de la Piedra despertó aquel día de un modo inusitado.

Al alba los chicos saltaron del lecho, merced al estruendo de los cohetes voladores en que el Ayuntamiento había extendido la franqueza[1] hasta el despilfarro; los ancianos, prendados de la novedad, soportaban la interrupción del sueño, y escuchaban con cierta animación nerviosa el martilleo de la *diana*[2]*,* malditamente aporreada por el tambor Atanasio en la calle única de San Martín; las muchachas saltaban de gusto, y a toda prisa se echaban encima las enaguas y demás lienzos, ávidas de entreabrir la ventana para oír mejor la música, que recorría *las calles* (palabras del bando[3]), si bien ahora que la recuerdo, me parece que imitaba maravillosamente el grito en coro que dan los pavos cuando un chico los excita. Si a esto se agrega que el sacristán y algunos auxiliares oficiosos, echaban a vuelo las tres campanas de la iglesia, de las

---

1   *Franqueza*: marca de famosos cohetes de la época. Literalmente "liberalidad, generosidad".
2   *Diana*: toque militar de llamada al alba; música que se toca para celebrar un hecho o a una persona.
3   *Bando*: partido político; edicto, ley o mandato solemnemente publicado de orden superior.

cuales dos estaban rajadas, se comprenderá que aquello, más que regocijo público, parecía el comienzo frenético de una asonada[4] tremenda.

Yo tenía veinte años, novia que me requemaba la sangre, y un tra-
jecillo flamante, hecho de encargo para aquel día con impaciencia es-
perado; y con decir esto, dicho se queda que salté de la cama con precipitación, me puse el vestido (que era color de azafrán), me calcé unos
zapatos, también nuevos, que apretaban como borceguíes del Santo
Oficio[5], y completando el aderezo con sombrero de fieltro negro, me
eché a la calle radiante de alegría.

Tomé calle abajo, con el doble objeto de incorporarme a la banda
de música y de pasar por las ventanas de Remedios, fiado en que su al-
borozo la habría levantado ya; pero defraudó mis esperanzas, sin duda
por el temor que le infundía el celoso argos[6] que la guardaba, bajo el
nombre y robusto físico de su tío el Sr. Comandante Don Mateo Cabezudo. Y si he de decir verdad, no acierto a decidir si mi afán era ver
a Remedios o que ella me viera con aquel traje tan mono[7].

Un buen grupo de hombres del pueblo, entre los que ya se veían algunos galancetes con puntas y ribetes de educación, semejantes a mí,
rodeaban a los músicos, mientras éstos inflaban los carrillos, soplando
sus respectivos instrumentos y causando la admiración de los chicos pa-
rados frente a ellos. Los músicos de pueblo se han envanecido siempre
con esa admiración infantil, que no comprende cómo se pueden mover
con tanta habilidad los dedos; pero creo que ningunos como los de la
banda de mi tierra. Concluida la pieza que se ejecutaba, los tocadores
hablaban entre sí con cierta gravedad cómica, mirando alto y sacu-
diendo el instrumento con la boquilla hacia abajo, acto al cual dan una
importancia verdaderamente seria.

Hoy me río de esa simple vanidad; pero en aquella época me
cargaba[8], porque me parecía que aquellos tontos me suponían también
su admirador; mas todo lo perdonaba yo con tal de que me hicieran el
gusto de pasar por las ventanas del Comandante, tocando una danza
que se llamaba *No te olvido;* porque caminando yo cerca del clarinete,
y dirigiendo una mirada a Remedios de cierto modo, de fijo com-

---

4   *Asonada:* motín, reunión turbulenta, para conseguir un fin, generalmente político.
5   *Borceguíes del Santo Oficio:* zapatos que aprietan tanto como unos instrumentos de tor-
    tura de la Inquisición, especie de botines de hierro en los cuales se introducían cuñas
    para triturar los huesos de los pies.
6   *Argos:* personaje mitológico de cien ojos.
7   *Mono:* elegante y gracioso.
8   *Me cargaba:* me desagradaba, me caía mal.

prendería que yo había hecho tocar la danza para dedicarle a ella el título.

Perdónenseme estas pequeñas digresiones referentes a mi persona; mas por una parte, están justificadas con el hecho de tener yo tan principal parte en los acontecimientos que voy a referir, y por otra, justo es que al recordar mis años juveniles, la memoria se derrame sobre el campo de mis más íntimos sentimientos, y la pluma escriba lo que con tanta viveza se presenta a mi imaginación. Forzando, sin embargo, esta mi inclinación natural y justa, diré, para beneficio del lector lo menos que pueda de mi persona, y pasando rápidamente los insignificantes pormenores de aquella madrugada, referiré solamente que al regresar con la música vi a Remedios, que la saludó de un modo imperceptible, que noté su admiración por mi azafranada envoltura, y que llegando a la plaza, la música se instaló en rueda cerca de la iglesia y tocó hasta las siete de la mañana.

Ya el lector (apasionado de las novelas como debe de ser para tener en sus manos la presente), adivinó sin duda que aquel día era el 16 de Setiembre [9]; y digo que lo adivinó, y cierto estoy de ello, porque chico en lo chico y grande en lo grande, así se celebra la aurora de ese sol en toda nuestra nación, por un acuerdo tácito de once millones de pareceres, que han convenido en que nada hay mejor que el repique de campanas, redoble de tambores, estruendo de cohetes y bufidos de latones.

Sea de esto lo que sea, el caso es que mi pueblo y yo estábamos contentos como nunca, y hasta admirados de la gracia y maña que la comisión del Ayuntamiento se había dado para arreglar los festejos con acierto y aun con cierta novedad. El *templete,* colocado en el portal de los Gonzagas (único en su género), no tenía por fondo dos sobrecamas, como en el año anterior, sino las cortinas del altar de las Ánimas, que el señor cura prestó a la comisión bondadosamente; en el centro se veía el retrato del Padre Hidalgo, asentado sobre seis bayonetas artísticamente cruzadas en forma de abanico, y rodeado de banderitas tricolores de papel; a los lados del cuadro y a una vara de distancia, colgaban dos anchas fajas con los colores nacionales, y coronando el retrato del Libertador [10] desplegaba atrevidamente las alas una águila de papel recortado, pintada por el maestro de escuela, que para esto de mojar los

---

9   *16 de Setiembre*: día de fiesta nacional para celebrar la independencia de México, iniciada por el P. Miguel Hidalgo ese día en 1810.

10   *Libertador*: del P. Miguel Hidalgo (1753-1811).

pinceles era un primor y se perdía de vista; y por último, a ambos lados del águila y en papeles de colores fuertes, se leían dispersos los nombres de Morelos [11], Allende, Abasolo[12], Mina[13], Rayón[14], Galeana[15] y cuantos más análogos hubo el ilustrado dómine al alcance de su feliz memoria.

Tal como lo rezaba el bando, a las nueve de la mañana me presenté en la casa municipal y sala de cabildos, para acompañar a las autoridades al *paseo cívico de costumbre.* El maestro de escuela estaba ya en su puesto, conteniendo y atajando con fruncimientos de ceño y aun con ciertas airadas voces, la natural tendencia de los chicos al desorden, los cuales formaban en tiradores, apoyado un extremo de la línea en la puerta de la sala del Ayuntamiento. La murmuración hizo cundir en aquella indisciplinada tropa el descontento, pues alguno de ellos expresó la idea de que si Pepo García llevaba la bandera, lo debía a que era sobrino del Jefe político. De allí el culebreo de la línea, que apenas podía moderar la constante trompeta del irritado pedagogo.

Poco tardó en llegar el Jefe político Don Jacinto Coderas, vestido de negro con una levita que no cesaba yo de mirar, como se ve al único competidor temible; en seguida, se presentó, dándome bondadosamente la mano, mi vecino Don Justo Llamas, cubierta la ancha calva con antiquísimo sombrero de seda y copa, prenda que sólo tomaba sol en días de grande regocijo; asomó después su hermano Don Agustín, y casi juntos penetraron en la sala el Recaudador de Contribuciones, el Administrador del Correo, los dos Gonzagas del portal, el Presidente del Ayuntamiento y cinco concejales, incluso el síndico Don Abundio Cañas.

Pasó un buen rato, durante el cual el síndico hablaba en tono resbaloso como piel de gato, con el Jefe político, en esa entonación que parece que trata de rozar blanda y flexiblemente la nuca del que escucha. Esto me parecía desde entonces adulación indirecta y disimulada. Los demás asistentes fueron poco a poco formando un círculo en derredor del representante del Poder Ejecutivo, y aun me parece que yo sonreía discretamente, haciendo coro a los circunstantes, cuando el señor Coderas decía algún donaire o algo que tal nos quería parecer.

---

11 *Morelos*: José María Morelos y Pavón (1765-1815) al morir Hidalgo Morelos siguió peleando por la independencia. En 1813 declaró a México independiente, mas la independencia no se obtuvo hasta 1821.

12 *Allende y Abasolo*: Ignacio Allende (1789-1811) peleó por la independencia y murió al lado de Hidalgo; Mariano Abasolo (1783?-1816) insurgente que acompañó a Hidalgo.

13 *Mina*: Francisco Javier (1788 - 1817), general español que vino a México a pelear por su independencia.

14 *Rayón*: Ignacio (1773 - 1832), general que combatió al lado de Hidalgo.

15 *Galeana*: Hermenegildo (1772-1814) héroe de la independencia.

—Y este maldito Severo que no parece, cuando debiera ser el primero en llegar. Se impacienta uno con justicia, puesto que sin él no hay nada. Sería bueno mandar un recado; y si por accidente está enfermo, que nos remita el discurso. Esto es: aquí Juanito subirá a la tribuna y lo leerá, que al fin tiene buena voz y es muy expedito para eso y mucho más.

Yo me puse verde al oír tal propósito y protesté en términos respetuosos. ¡Cómo había de leer una obra ajena! Además, la leería muy mal, porque Severo tenía malísima letra.

—Pues no, señor, no hay remedio; Juanillo nos hará el favor...

Pero gracias a Dios, Severo llegó a este tiempo con el cabello muy asentado, la ropa aderezada convenientemente y el aire grave de su eterna y fastidiosa pedantería, y todos callaron para saludarle.

Otros vecinos distinguidos del pueblo habíanse agrupado a la puerta, y numerosos ciudadanos de arado y yunta[16] esperaban en la plaza. Eran las diez en punto cuando el Sr. Comandante Don Mateo Cabezudo se presentó en la sala, vestido de paisano, y llevando en la raída solapa una medalla plateada y una cinta, claros blasones de su valor y sus servicios. Saludó cortésmente al Jefe político y demás personas, y preguntó:

—¿Ya estamos listos?

—Parece que sí –contestó Coderas.

—Pues vamos.

Y el Comandante se dirigió a tomar la bandera que estaba sobre la mesa.

Y aquí fue Troya.[17]

---

16 *Ciudadanos de arado y yunta*: campesinos.
17 *Y aquí fue Troya*: Y lo que allí ocurrió fue tan terrible como la guerra de Troya, ciudad que fue destruida por los griegos, según la mitología.

– II –

El pueblo y sus gentes

Si el lector quiere conocer el teatro de estos notables sucesos, no tiene sino llegarse al Río de los Venados, cruzarlo en el paso del Aguilar, dos leguas abajo del rancho de la Guayaba, subir un poco por la margen derecha, y al encontrar el arroyo del Pedregal que confunde sus aguas con las del río, subir y subir hasta una media legua por entre los frescos bosques, que llegan hasta el pequeño y pintoresco vallecito en que San Martín se asienta.

Ignoro por qué esta cabecera de distrito no figura en las cartas geográficas del Sr. García Cubas[18], ni en los numerosos tratados de Geografía mexicana que se han publicado hasta hoy; pues tanto su condición administrativa de cabecera, como la importancia que se ha granjeado en la política, hacen de aquella omisión un error garrafal[19], si es error, y una injusticia palmaria[20] si es desprecio. Pero el pueblo existe, como existo yo, que en su parroquia tengo mi fe de bautismo; y me creeré el más afortunado y útil de sus hijos, si este libro puede vindicar sus fueros, y sacarle de la oscuridad en que con mengua de la

---

18   *García Cubas*: Antonio García Cubas (1832-1912) geógrafo mexicano autor del *Diccionario geográfico, histórico y biográfico [de México] (1888-1891)*
19   *Garrafal*: enorme.
20   *Palmaria*: (fig.) claro, manifiesto.

verdad geográfica e histórica yace hundido.

Al salir del bosque que sombrea al arroyo del Pedregal, hay dos eminencias a ambos lados del camino, que de pronto no dejan ver el pueblo; pero andando tres minutos más, se pasa entre ellas, y hétenos de manos a boca con San Martín de la Piedra. A la entrada, casucas de paja que forman una calle irregular; después casas de mejor apariencia, algunas blanqueadas y todas cubiertas con tejas rojizas, y en seguida calle empedrada, estrecha, y formada por dos hileras de habitaciones más confortables y cucas[21] que las otras, aunque siempre en mayoría el rojizo tejado. Se entra en la plaza, y desde luego se ve una fuentecilla en el centro, circundada de mujeres del pueblo que van por agua y se pierden las horas en charlas animadas por más o por menos. Al Norte se levanta el primer edificio de la cabecera: la Iglesia, con su pequeño atrio sobre la plaza; al Occidente la tienda y portal de los Gonzagas, comerciantes fuertes en concepto del pueblo; al Sur la Jefatura y la tienda de Arenzana, español enemistado con aquellos; y al Oriente el caserón destartalado, que dividido en dos salas, ocupan por una parte el Ayuntamiento y por la otra el maestro de escuela con su alborotadora gentecilla. De la plaza, rumbo a Oriente, la misma gradación, en sentido inverso, comenzando con casas de adobe y teja, y concluyendo con las humildísimas de paja.

El arroyo pasa al Sur del pueblo y tuerce luego a la izquierda, pero tan cerca, que casas hay que se ven en peligro cuando las lluvias de la lejana sierra aumentan el caudal de la cristalina corriente. Y entonces es de verse el afán del Ayuntamiento para salvar vidas y haciendas del siniestro; y de aquel accidente sale materia para conversaciones y comentarios que duran todo el tiempo de aguas, en la tertulia de D. Justo Llamas o en la que los domingos por la mañana se reúne en el portal después de la misa.

Hacia el lado del arroyo se carga más, sin embargo, la población; de suerte que a aquella parte viven unos mil y pico de *pedreños*[22], y sólo unos seiscientos en el Barrio de las Lomas; pero en cambio, los de las Lomas se creen más civilizados que los del barrio del Arroyo, aunque son más débiles, y de estas diferencias y vanidades, nace una desavenencia entre los buenos moradores de San Martín, que ha estado varias veces a punto de producir una diablura cualquiera.

---

21   *Cucas*: graciosas.
22   *Pedreños*: habitantes de San Martín de la Piedra.

Pero en aquel tiempo había un hombre que tenía el privilegio de calmarlos ánimos, y de unirlos en su imperiosa y dura voluntad, y este tal era el Sr. Comandante Cabezudo.

Era Don Mateo hombre de sólida arquitectura, ancho de hombros, moreno y quemado de piel, frente estrecha y como moldeada en su sombrero jarano[23], ojos taimados[24], y duro de semblante por las anchas cejas y recio bigote entrecano que le caracterizaban como para no consentir en que aquel hombre fuese nunca confundido con ningún otro de los seres vivientes. Nacido de una mujer del pueblo, que solía desempeñar en mi casa los oficios de lavandera (y esto no es rebajarle), tomole mi padre alguna afición, y le enseñó a leer y a escribir cuando ya pasaba de los veinticinco años, tratando de colocarle después en la tienda de Gonzaga, padre de mis conocidos; pero un día cayó de leva Mateo, y se vio en el caso de tomar las armas, no sé (ni él tampoco), si en favor o en contra de Su Alteza Serenísima[25]. Pasados algunos años, volvió a San Martín con presillas de cabo, después de haber conocido todo el mundo, según me contaba más tarde, cuando yo andaba en los siete abriles, y me daba el tratamiento de *niño* por vía del respeto que siempre tuvo a mi padre, muerto ya en ese tiempo. Se dedicó a los oficios del campo, sin maldita la gana de volver a la interrumpida carrera de las armas; pero su conocimiento del mundo y las penalidades que le afligen, su renombre de valiente, que nadie negaba porque él lo decía, y su calidad de militar, en lo cual era único en San Martín, comenzaron a darle cierta superioridad sobre los rudos habitantes del barrio del Arroyo, cuyos fueros defendía con ferocidad en el Ayuntamiento, pues a concejal le elevaron aquellos en una de tantas elecciones.

Un nuevo movimiento revolucionario llegó a sus noticias, y sintiéndose inspirado por el dios del éxito, armó de machetes y garrochas a una docena de *pedreños,* tomó de propia autoridad el grado de teniente, salió de San Martín, y se incorporó a la primera fuerza organizada que encontró a su paso, sin averiguar si era de tirios o troyanos. Creo que nunca llegó a saberlo; sólo supo que triunfó su partido, que hizo maravillas de valor y estrategia, y que volvió a San Martín un año después con el despacho de Comandante de Escuadrón, de autenticidad no comprobada, y con el nombramiento de recaudador de contribuciones que atrapó sabe Dios cómo.

---

23   *Jarano*: sombrero de fieltro de copa alta y falda ancha, típico del charro mexicano. Antiguamente se hacía a base de delgadas varas llamadas *jaras.*
24   *Taimados*: astutos.
25   *Su Alteza Serenísima*: título que se atribuyó Antonio López de Santa Anna (1794-1876) quien fue varias veces presidente de México.

Ya se comprenderá cuánto creció su importancia en el barrio del
Arroyo; pero su influencia llegó a ser decisiva, cuando por no sé qué
hablilla[26], abofeteó en la plaza al jefe político, el cual a poco fue sustituido con otro que trató de ganarse la voluntad de aquel hombre temible. Entonces ya era yo un muchacho aprovechado en primeras
letras, y recuerdo bien que los Gonzagas, los Llamas, el español y
demás gentes *visibles* del barrio de las Lomas, comenzaron a hablar
muy bien del Comandante y a llamarle a sus tertulias, difundiéndose
así la influencia de Don Mateo por todo San Martín. Posteriormente,
los Jefes políticos que se sucedieron fueron amigos forzados del militar,
y establecieron la costumbre de cederle el honor de llevar la bandera
en las fiestas nacionales, atenta su calidad de soldado y la circunstancia
de ser él una gloria *pedreña,* de que el pueblo y aun el distrito estaban
verdaderamente envanecidos. Razones eran estas de mucha cuenta y
peso; pero había además, la de que Don Mateo aporreando a dos o tres
personas, después de aquel Jefe político, cobró renombre de valen-
tísimo; y la de que en cierto reparto de tierras y algunos asuntos de desamortización[27] logró tan buena y principal parte, que los mismos Gonzagas se consideraban pobres a su lado.

El Comandante no era un hombre malo de entrañas ni mucho
menos; protegía a la gente buena de San Martín y también a la mala,
por natural generosidad y sin reparar en quiénes la merecían y quiénes
no. Su dicernimiento moral era o romo o apático, y tenía por iguales a
todos sus conterráneos, favoreciéndolos o golpeándolos sin distinción
de ningún género. En el fondo, su preponderancia brutal sobre San
Martín le parecía lo más natural y puesto en razón que pudiera darse,
y tenía la convicción más profunda de que debía ser él Jefe político del
distrito, a lo cual aspiraba eternamente, y de que el gobierno del Estado
no le nombraba (aunque gozaba de consideraciones), por el temor natural de la influencia que en San Martín ejercía.

En los días a que mi narración se refiere parece que el Gobierno
más hostil que nunca al Comandante, aunque dándole ostensibles
muestras de confianza, se había propuesto hacer sentir su acción en
aquel lejano Distrito; y con esta mira envióle como Jefe político a Don
Jacinto Coderas, también Comandante de la guardia Nacional, hombre
duro si los hay, y de pocas o ningunas pulgas, mala fama y peor ca-

26   *Hablillas:* rumor sin fundamento que corre en el pueblo.
27   *Desamortización:* propiedades cuya amortización ha sido abolida por el gobierno; (*amor-*
      tizar: poner tierras u otros bienes en manos muertas).

tadura, que según las misteriosas y reservadas hablillas, tenía instrucciones del Gobierno para someter de grado o por fuerza al cacique. No se veían bien los dos comandantes, y ambos parecían dispuestos a reventar el mejor día, aunque Don Mateo en más de una ocasión dio muestras de prudencia, con mengua de su fama, y satisfacción cuidadosamente ocultada del barrio de las Lomas.

Tres meses iban corridos de tal situación, y ya Don Mateo hablaba sin embozo de las arbitrariedades de Coderas, tanto como Coderas de las que Don Mateo cometía, abusando de la sumisa condición de los *pedreños*. Nunca San Martín las había visto tan gordas. Los de las Lomas se frotaban las manos muy en reserva; los del Arroyo estaban rabiosos y provocativos.

Algo grave tenía que suceder.

– III –

Suceso grave

Por aquellos días andaba la política descompuesta y la situación delicada, en virtud de que el descontento cundía en las poblaciones más importantes del Estado; la tempestad se anunciaba con un murmullo sordo, y el mar revuelto de la opinión pública iba alzando olas que alteraban, aunque débilmente, el tranquilo estero de San Martín. Más de una vez oí en la tienda de los Gonzagas la voz profética de Severo, que con humos de sabio previsor, creía y afirmaba que antes de mucho se armaría la bola; que el distrito X no soportaba a su Jefe político; que el Distrito Z se moría de hambre por la escasez de maíz, y sin embargo, no se disminuía el impuesto sobre el arroz que era su único ramo de explotación; que en el Congreso el Lic. Pérez Gavilán iba minando y minando, al grado de que contaba ya con una mayoría dispuesta a encausar al Gobernador cuando las cosas estuvieran en sazón; que dos Jefes políticos acababan de ser removidos por sospechosos y sustituidos con personas que no servían para maldita la cosa; en una palabra, que la bola se armaría antes de mucho.

Debo decir con franqueza, que Severo me era profundamente antipático, de una manera invencible, para lo cual tenía yo motivos que
voy a confesar, aunque algunos me causen rubor. Gozaba yo en el
pueblo de tal cual reputación de muchacho ilustrado, al extremo de
haber sido alguna vez secretario interino del Ayuntamiento, con
aplauso de este respetable cuerpo, quien, sin embargo, hubo de
nombrar propietario [28] a un primo de la esposa del Jefe político, porque
éste así lo dispuso. Tenía yo una hermosa letra inglesa, de la que había
en aquel tiempo poquísimos ejemplares, y solía yo poner las primeras
palabras de las actas con letra gótica que no dejaba que pedir [29].
Además, me sabía como el *Padre Nuestro* la gramática de Quiroz [30], la
Aritmética comercial que era texto en San Martín, y había leído diez
o quince veces el *Instructor* y otras tantas el *Periquillo;* con todo lo cual
tenía formado un caudal de instrucción, que abrazaba retazos de
ciencias naturales, tajadas de Historia, girones de Geografía, y aun
ciertos mendrugos de Náutica y Derecho natural.

Ahora bien; a pesar de todo esto, Severo me miraba siempre desde
arriba, como si estuviera encaramado en la torre de la Iglesia y yo
metido en el fondo de un pozo; y lo que más me irritaba era la buena
fe visible con que se suponía superior a mí. Y lo cierto es que cuando
estábamos en el mismo corro, hablaba él sin reparo, con la voz reposada
y calmosa de siempre, y con su eterna persuasión de decir grandes cosas,
mientras yo me sentía encogido y guardaba vergonzoso silencio; y por
más que yo me esforzaba en declarar interiormente que aquel fatuo
era un ignorante, le admiraba en realidad y le envidiaba, sobre todo sus
conocimientos literarios, que a pesar de mi resistencia me cautivaban,
y avivaban en mi alma el corrosivo veneno de la envidia. En verdad
nada sabía, pero tenía ese desplante para decir desatinos, que aun en
nuestra culta capital se sobrepone con frecuencia a la verdadera instrucción y al positivo talento.

No me lo hacía menos antipático su físico. Era hombre como de
treinta y cinco años, bajo de cuerpo, de menguada frente, mirar soño-
liento, labios delgados rodeados de escasos y gruesos pelos semirrubios,
y piernas más que medianamente encorvadas, que movía en paso largo,
lento y acompasado, como correspondía a un hombre de sus talentos y
fama. Aunque todo el pueblo tenía por él sentimientos a los míos se-

---

28   *Propietario:* permanente; titular del cargo.
29   *No dejaba que pedir:* que nada le falta.
30   *Gramática de Quiroz:* Antonio Quiroz (1813-1885) autor del muy utilizado libro
     Lecciones de ortografía y caligrafía.

mejantes, era bien aceptado en todas partes: paradoja que se comprende fácilmente, con sólo saber que era el tinterillo de San Martín. Nada menos que seguía un pleito contra el tendero español y como apoderado de los Gonzagas, por no sé qué negocio que ambas *casas* comerciales hicieron en participación.

Tal era el hombre que anunciaba la proximidad de la bola, y que en el día de la patria tenía el alto encargo de hablar al pueblo.

Realmente, las noticias de la capital eran alarmantes, y se sabía que las remociones de empleados se hacían frecuentes, como sucede siempre que llega a las alturas del poder el rumor de próximas borrascas. En San Martín, mientras tanto, se procuraba no tener opinión por lo expuesto que es formularla antes de que se sepa el resultado probable del negocio; pero yo que oía las conversaciones y atisbaba las palabras y los gestos, y aun alguna descuidada franqueza, me persuadí desde entonces de que en este país la *opinión* está siempre en favor del desorden, de donde diere, y sin necesidad de averiguación, a verdad supuesta y buena fe guardada.

Oyendo aquí y platicando allá, un día en el portal, otro en el atrio de la iglesia, una noche en la tertulia de los Llamas, fui formando un conjunto de noticias, suposiciones y comentarios que me dieron la suficiente instrucción en esta especial chismografía que se contagia, que embriaga y que envicia. Poco tiempo bastó para que yo le tomara afición decidida, y solía ya con frecuencia meter mi cucharada en glosas y profecías.

Era un hecho: el licenciado Pérez Gavilán era un grande hombre; por supuesto; como que la iba a armar contra los abusos y desmanes del poder. Era sin duda un grande hombre, digno de regir los intereses del Estado. El Gobierno deseaba arrojarle del Congreso; pero no había manera de conseguirlo, y además se temía que tal proceder hiciera estallar la mina. Estaba de acuerdo con tres militares de importancia; ¡no cabía duda! El Jefe político del distrito H. era su compadre: luego el distrito era suyo en cuerpo y alma. No había que calentarse la cabeza, la revolución comenzaría antes de un mes.

Y en cuanto a la parte de San Martín, clarito se veía que el Gobierno, conociendo que no contaría con el Comandante Cabezudo, había enviado a Coderas para tenerlo a raya. Pues ahí está el motivo de sus sordas hostilidades. Don Mateo, podía apostarse a que estaba ya de acuerdo con el gran Pérez Gavilán y con el General Baraja, a quien el otro confiaba la parte militar del asunto.

Por supuesto que de todas estas indudables hipótesis tomaba yo nota en un corro para soltarlas en otro; mas debo declarar que no hablaba yo de la misma manera entre los de las Lomas que en ruedas del barrio del Arroyo. Ambos, sin desmentir su raza, deseaban que *hubiera lumbre,* pero los de las Lomas hacían votos interiormente porque a Don Mateo se le llevaran los demonios; mientras los del Arroyo estaban impacientes porque su jefe diera la voz de alarma para ponerse a su lado y entrar en la zambra[31]. Yo no tenía color determinado, y era por lo mismo igualmente aceptado por unos y otros; pero comenzó a divulgarse mi inclinación a Remedios, y esto sobró para que en mi presencia se hablase con cuidado de no lastimar ni remotamente a Don Mateo. Lo comprendí y no quise hacer tan mal papel entre los de las Lomas; dejé de frecuentar el portal; pero procuré que tampoco me tomasen por enemigo. Tal era la delicadísima situación de San Martín cuando llegó el 16 de Setiembre, que como antes he dicho, se celebraba aquella vez con nuevo y no conocido lujo. Y sabido todo esto por el lector, calcule la trascendencia del desgraciado suceso del aquel día, que pasmó, confundió y alarmó al ya asustadizo vecindario.

Fue el caso, que habiendo tomado la bandera Don Mateo para presidir el *paseo cívico de costumbre,* Coderas se interpuso en su camino, se la quitó de las manos, y con voz desde luego irritada, dijo:

—Esto me toca a mí.

El héroe de San Martín se quedó de pronto estupefacto, más que de corrido, de admirado al encontrar hombre capaz de cometerle desacato tan inverosímil. Pero en seguida la sangre acudió agolpada a su cabeza, manchósele el semblante de un color rojo amoratado que lo dio un aspecto de ferocidad espantosa, y cerrando los puños gritó:

—¡A Vd.!... ¡Cómo a Vd.!

Coderas estaba ya en la plaza.

—Sí, señor –replicó–; yo soy la primera autoridad política del distrito.

—¡Y yo!...

—¡Vd. aquí no es nada!

---

31   *Zambra*: algaraza, ruido de muchas voces.

Y el Jefe político, haciendo un gesto de grosero desdén, inició la marcha grave y pausadamente al son del tambor, y suavemente acariciado por el lienzo tricolor que el viento echaba sobre su cabeza. Cuando Don Mateo quiso lanzarse sobre él, según su costumbre, dos o tres amigos suyos y yo le detuvimos, procurando calmarle.

Los asistentes se habían quedado de una pieza, deseando en su mayoría convertirse en ratones y escapar por cualquier agujero para no verse en el fatal compromiso de quedarse con el Comandante o seguir a Coderas; pero su vacilación no podía ser larga, porque el Jefe político se iba alejando, y los más tomaron el partido de ir con él. Los Llamas creyeron encontrar el medio justo: saliendo de la sala, se escurrieron pegados a la pared hasta la esquina, y tomaron a buen paso el rumbo de su habitación; resultando de aquí que Don Mateo creyese que habían ido con Coderas, y éste que se habían quedado con aquél.

Yo no me moví... por no moverme.

– IV –

Los festejos

Aquella situación embarazosa duró poco, pues D. Mateo empujado por su fiera cólera salió de la sala municipal, vociferando y agotando en sus palabras cuanto la germanía[32] de cuartel tiene de más enérgico y vigoroso; de tal suerte, que de los diversos grupos de gente que había en la plaza, buen número de personas se aglomeró tras él, para informarse de lo que lo ocurría y acompañarlo a su casa.

Yo, no sabiendo que hacer, no hice nada, y me quedé en la sala estupefacto y atado por tan imprevisto y grave acontecimiento, hasta que vino a despabilarme una voz conmovida que dijo a mi espalda.

—¡Qué feo ha estado esto!

Volví la cara y me encontré frente a Bermejo, el Recaudador, hombre ligado con cierta intimidad a Don Mateo; pero que cuidaba como cosa propia el empleillo y trataba siempre de nadar entre dos aguas. Entramos en serias consideraciones sobre el caso, y Bermejo llegó a decirme que aquello había sido una imprudencia del Jefe po-

---

32   *Germanía*: jerga, caló que usan los rufianes para no ser entendidos por extraños.

lítico, y que el Comandante no se quedaría con el desaire que pública-
mente recibiera. De fijo que más tarde asentó en algún corro lo contrario; pero a mí, no tuvo reparo en manifestarme con su *franqueza de
costumbre,* que concedía en todo la razón al tío de Remedios.

Llevábamos larga la hebra, cuando apareció por la esquina, el irritable Coderas con su comitiva, precedida por la extensa columna de
chiquillos de la escuela. El paseo concluía y tuvimos que apresurarnos
para llegar al portal antes de que Severo comenzara su discurso cívico;
pero toda nuestra prisa no nos sirvió más que para tomar lugar entre
el pueblo que se apiñaba en derredor, pero a buena distancia de la
tribuna.

El Jefe político había colocado la bandera en el *templete,* a un lado
del retrato del Libertador, sentándose después, con la gravedad del
caso, en el descuadernado sillón presidencial. Las demás autoridades
ocupaban las pocas sillas que rodeaban el *altar de la patria* y la gentecilla menuda de la escuela se había de propia autoridad posesionado de
unas cuatro bancas que la previsión municipal agregara para los particulares.

Un campanillazo seco anunció que el orador Oficial se encaramaba
en la tribuna; y en efecto, el busto de Severo, tranquilo, serio y dor-
milón, apareció destacándose sobre el fondo oscuro de las cortinas de
las Ánimas.

Si yo hubiese tomado de memoria el discurso íntegro del fatuo tinterillo, quizá no pudiera resistir a la tentación de estamparlo aquí; pero
tranquilícese el bondadoso lector: no conservo sino frases sueltas que
llegaban a mi oído, cuando el orador, en sus lentas y majestuosas osci-
laciones volvía el rostro hacia el lugar en que yo me encontraba. Mi sitio
estaba distante de la tribuna, y el orador se volvía hacia él pocas veces.

Tosió, puso el manuscrito sobre la barandilla, derramó una mirada
sobre su atento auditorio y lanzó el grito sacramental:

—«¡Conciudadanos!»

Y los conciudadanos se volvieron todo oídos y le miraron de hito
en hito.

No pude oír sino palabras sueltas del exordio; pero comprendí que
trataba largamente de su insuficiencia y del alto honor que él le *había
hecho,* nombrándole para recordar en aquel día los nombres y hazañas

de sus héroes al olvidadizo pueblo de la Cabecera. Con frecuencia miraba, sin ver, un punto vago del espacio o la barandilla de la tribuna atisbando el primer renglón del párrafo que debía lanzar: se detenía un momento; pero una vez atrapado el susodicho renglón, se lía el párrafo entero, con toda la gallardía que es compatible con el trabajo de hablar de memoria.

Yo aguzaba el oído, pero el ruido de la plaza, en que aquel día había vendimias extraordinarias, y el de los muchachos que, haciendo poco caso de la oración cívica, jugaban a poca distancia al *toro* y a las *cuatro esquinas,* no me permitía oír cuanto quisiera. Por fin alcancé esta frase:

—«Tres centurias sufrió Anáhuac el yugo ominoso de la tiranía».

El orador volvió la cara y no pude oír más. A poco se dignó permitirme que aprovechara esta otra:

—«Y aquel humilde anciano arrojó el guante a los tiranos, dando el grito de libertad el 15 de Setiembre de 1810».

Más tarde fui más feliz, pues atrapé todo esto:

—«Morelos... Allende... Aldama... Abasolo... Guerrero... Mina... Rayón... Bravo... y tantos y tantos otros, que rogaron con su sangre el árbol sagrado de la libertad».

Esta metáfora me produjo un salto de corazón y cierto encrespamiento de nervios, mezcla confusa de arrebato entusiasta y de invencible envidia. Yo no la habría imaginado. Después la he oído en boca de todos los oradores de portal y alameda, pero de fijo la han tomado del discurso de Severo.

Noté después que la voz del tinterillo decaía, haciéndose como pastosa y pesada. Pasaba de media hora el tiempo consagrado a aquel punto del programa, y la oración tocaba a su fin. Severo estaba en el momento crítico en que la elocuencia decae, por ser el que corresponde a las deducciones lógicas de las premisas asentadas. Sin embargo, me parece que Severo ni había asentado premisas ni deducía cosa alguna; aunque puede darlo a entender este otro período que cogí al aire:

«Imitemos a los héroes que a costa de su sangre nos *dieran* patria.

¡Reunamos nuestros esfuerzos, y levantemos del abatimiento a esta patria bendita *tan digna de mejor suerte!*»

Aquí abrí los ojos, sorprendido por la novedad de la idea; y aún no acababa de saborear la bonita frasecilla, cuando hirió mis oídos la voz del orador, que a pulmón lleno gritaba:

—«¡Viva la libertad! ¡Viva la independencia! ¡Viva la patria!».

Y bajó de la tribuna.

El Jefe político se levantó del sillón presidencial, llegose al orador, y le dio uno de esos abrazos serios, correctos y fríos que se usan en el teatro y demás sitios de comedia; el Juez de 1ª Instancia hizo lo mismo, y tras él los otros circunstantes por orden de jerarquías.

Retireme yo a mi casa, en donde mi madre me esperaba con impaciencia y aflicción, pues tuvo noticia de que ambos comandantes se habían roto sendos huesos en trabada riña, estando yo de por medio; y aun se le aseguró que el pueblo irritado estaría en armas de un momento a otro. Así corren las noticias en los tiempos nublados. Tranquilícela yo, refiriéndole lo ocurrido, y no obstante esto, casi me prohibió salir a la calle.

Hasta las cinco de la tarde obedecí este decreto, y permanecí en casa, pensando ya en las consecuencias del hecho que presencié, ya en lo que sería de Remedios si venía la bola, ya en que la patria, según Severo, era digna de mejor suerte. Esto último me preocupaba más, tanto por la envidia que despertaba en mi alma tan peregrina frase, como porque jamás me había ocurrido que aquella tierra y aquellas gentes mereciesen mejor suerte que la que llevaban. Después tanto lo he oído repetir en discursos, y tantas veces lo he leído en artículos *de fondo* de los diarios, que me he convencido de que es cierto. ¡Vaya usted a oponerse a la corriente de la opinión general!

No se me tilde y note de prosaico (que al fin no invento sino refiero), si digo que por la tarde la diversión patriótica consistía en un alto morillo enclavado en tierra y cubierto con una capa de jabón de pulgada y media de espesor, ¿por el cual habría de subir el desgraciado que quisiera apoderarse de dos pañuelos y un zarapejo [33] que flameaban allá como a ocho metros de altura.

Todos los que asistieron a esta singular diversión lograron lo que yo: un buen rato de aburrimiento y un dolor tenaz en el cerviguillo [34].

Por la noche volví a la plaza, en donde bajo el nombre de serenata se daba una cencerrada [35], que a mí no me lo parecía. Algún grupo en

---

33   *Zarapejo*: diminutivo despectivo de *zarapo*, o *sarape*, palabra Nahuatl para designar "manta". Es una prenda corta y angosta que se llevaba doblada sobre un hombro, lista para extenderse y cubrir a su propietario si cambiaba el clima.

34   *Cerviguillo*: parte exterior de la cerviz, parte posterior del cuello. Es término de toreo.

35   *Cencerrada*: ruido hecho con cencerros (campana pequeña). En ocasiones festivas, sobre todo en bodas, costumbre de armarse un grupo de personas de cencerros, campanas, calderos rotos, botes llenos de piedras, etc. para hacer ruido delante de la casa del novio y armar escándalo, hasta obtener una cantidad de vino como pago para retirarse.

el portal, tres o cuatro en la puerta de Arenzana, y varias familias en el atrio de la iglesia, componían la concurrencia de gente *visible;* la invisible llenaba las cercanías de la fuente, y en derredor de ésta, los músicos se envanecían justamente de llevar aquellos pulmones que soplaban sin tasa[36] desde hacía veinticuatro horas.

Senteme yo en el umbral de la sala de cabildos, y me entregué a mis pensamientos. Don Mateo, Remedios y la patria se empujaban en mi imaginación tratando de prevalecer en mis reflexiones. Yo los contenté a todos, ligándolos en mis desvaríos.

—Este disgusto entre el Jefe y el Comandante podría dar lugar y motivo para que la cosa se armara por aquí, puesto que Don Mateo no se quedaría burlado. De seguro que Don Mateo se pronunciaría y el barrio del Arroyo iría tras él; pero tendrían que salir del pueblo, porque Coderas no se dejaría sorprender... ¿Y qué sucedería con Remedios? Este hombre no había de ser tan bárbaro que la dejara expuesta al furor de sus enemigos. ¡Y que éstos eran!... También yo podría cuidarla, y antes me matarían que tocarle un cabello. ¡Oh! en cuanto a eso sí que no cabía duda; ¡yo sería un tigre!... Bien visto el caso, la revolución era justa y legítima; se trataba de derrocar la tiranía, y la tiranía es abominable. Yo no sabía cuáles eran los abusos del poder; pero que el Gobierno abusaba, era cosa fuera de toda duda y discusión. ¡Hombre! y es bonito el papel del que acaba con los tiranos; algo hay de eso en el *Instrucctor* que he leído con particular atención.

—Supongo que me pronuncio; que me persigue Coderas y no me atrapa; me voy a la montaña y allí se me reúnen hasta cien pedreños, armados de cualquier modo. Vengo sobre San Martín; Coderas ha recibido auxilios del Gobierno y me espera sobre las lomas; pero yo le ataco con un brío extraordinario y le arrojo de sus posiciones, le quito las armas, se me pasan sus soldados, y tres días después marcho sobre el distrito inmediato y...

Un estruendo repentino rompió el hilo de aquellos pensamientos que me estaban poniendo nervioso y agitado. Di un salto, creyendo que Coderas reorganizaba sus dispersas tropas y volvía sobre mí; pero no había tal: eran las nueve de la noche, y comenzaban a quemarse los fuegos pirotécnicos anunciados en el programa del Ayuntamiento.

---

36   *Sin tasa*: sin medida, sin descansar.

– V –

Remedios

Volvió cada cosa a su lugar; es decir, el Padre Hidalgo a la Jefatura, la tribuna al salón de la escuela, el águila y los papelones de colores a la gaveta del dómine, a la tienda de los Gonzagas los cajones vacíos que sirvieron de armazón al templete, y las cortinas pasaron del altar de la patria al de las Ánimas.

Púsose también cada persona en su anterior y propio sitio, del cual muchas no quisieran haber salido durante aquel día de tan trascendentales sucesos, y mientras Coderas volvía a la polvorienta oficina, y el pedagogo al ruinoso salón, teatro y santuario de sus afanes y sacrificios, los Llamas se dedicaban de nuevo al cuidado del rancho de la Guayaba, por las mañanas, y a las lecturas por la tarde, de las feroces novelas que eran su encanto. El síndico atendió otra vez a la matanza de reses que constituía su ejercicio; el Recaudador continuó en su recaudación, y aun el mismo Severo, no obstante el deslumbramiento que la produjera la conquistada gloria, volvió al Juzgado a roer expedientes, acusar rebeldías y promover recursos maliciosos y frívolos.

Hubo, sin embargo, cosa que quedara fuera de sus naturales y acostumbradas vías, y esta cosa fue la poca sensatez que entre todos los pedreños se pudiera reunir. La tal sensatez, de escaso cuerpo y solidez menguada, no volvió mucho tiempo a encausarse, y usurpó su lugar el frenesí de la curiosidad medio alegre y medio temerosa que se apodera de nuestros villorrios y aun de nuestras ciudades, cuando los hombres de cuenta mal avenidos con el estado de la cosa pública, se proponen armar la gorda para defender los ultrajados derechos del pueblo.

Nadie ponía ya en duda que Don Mateo estaba en inteligencias con el licenciado Pérez Gavilán, con aquel genio inquieto, turbulento y levantisco que era el alma de la bola próxima y que se atrevería con cuanto a su paso se opusiera. El chasco de la bandera era un filón explotable, más bien dicho era una causa determinante sobrada para empujar al rabioso Comandante, sin necesidad de los amaños del revoltoso diputado; pero vino un hecho a concluir la obra, comprobación de que Pérez Gavilán era hombre que sabía sacudir el árbol cuando la fruta estaba madura, primera y principal dote que los agitadores populares han menester. Recibían los Llamas, Don Mateo y Severo, sin haberle pedido ni pagar un centavo de suscrición, el semanario titulado *La Conciencia Pública,* periódico nuevecito que llevaba dos meses de nacido, y que, dirigido por el jefe de la revuelta, era el órgano autorizado de los descontentos. ¡Qué artículos *de fondo* censurando las contribuciones y olvidando los gastos de la Administración ¡Qué sonetos pintando los errores de la tiranía y lamentando la humillación del pueblo! ¡Qué párrafos de gacetilla, echando en cara al Ayuntamiento de la capital del Estado, los malos pisos de las calles, y tal y cual abuso de un agente de policía.

Pues bien, este periódico en su número diez, correspondiente al trece de Setiembre, y que llegó a San Martín el diez y siete, publicó en primer lugar de su gacetilla el siguiente parrafillo que tomo de la colección que conservo:

«*Lamentable.*— El Sr. Comandante Don Mateo Cabezudo, que tan justamente apreciado es en el pueblo de San Martín, se encuentra postrado en el lecho del dolor, a consecuencia de un reumatismo, según se nos asegura. Por el bien de aquella importantísima fracción del Estado, que en el Sr. Cabezudo tiene cifrados su más legítimo orgullo y su más halagadora esperanza, deseamos que el digno y pundonoroso militar recobre cuanto antes la salud».

Don Mateo no había estado en tal lecho del dolor, ni con tales reúmas, y habría podido regalar un poco de salud al Sr. Gavilán sin menoscabo de la suya; pero esto importaba un comino a las intenciones aviesas de *La Conciencia Pública*. Y es un hecho que yo verifiqué después, que el percance de la bandera y este maldito párrafo, fueron causa de que Don Mateo llegara a comprender de un modo claro, que el pueblo estaba oprimido y que él debía ayudarlo a sacudir el ominoso yugo de la tiranía, como se dijo en la proclama que días después escribió esta mano pecadora.

Algunos pedreños, en desproporcionada minoría, lamentaban y temían los desórdenes con que se veían amagados; y esos eran en primer lugar, los que tenían que pagar los gastos de la revolución, y en segundo los que tenían que seguirla, improvisando instintos belicosos. Después de todos estaba yo, que aunque sentía cierto antojo de desorden y de emociones, veía nuevas dificultades para Remedios, y trastorno seguro de mis cálculos y esperanzas respecto a la dueña de mis pensamientos.

Si digo que Remedios era una muchacha tímida, dulce y delicada, no por ello tema el lector de juicio, que vaya a tomarme el trabajo de inventar, pintar y adornar una heroína con tubérculos, ni que quiera seguir hijo por hilo y lamento por lamento la historia triste de un amor escrofuloso [37]. No; Remedios valía más que esas desgraciadas heroínas de la tos; lucía sobre la blanca tez de sus mejillas los colores de las rosas que regaba en sus tiestos por la mañana; la roja y ardiente sangre se trasparentaba en sus labios con vivo color; y la redondez escultórica de brazos, hombros, y cuello, todo suave, sedoso y nacarado, revelaba la fresca salud que el ejercicio doméstico engendra y la pureza de las costumbres hermosea. Alta y esbelta, airosa con natural y no aprendida elegancia, habría sido una lugareña en el aspecto, si la fortuna no hubiera puesto en sus negros y grandes ojos, antes rayos de luna que haces de luz solar. Su mirada, en efecto, era dulce y triste y parecía derramar sus resplandores sobre la tersa y pensadora frente: esto es lo que a mí me hizo rendir el alma, y lo que no olvido ni olvidaré jamás. ¿Qué me importaba que se le tachara de no tener la boca más pequeña? He leído

---

37 *Escrofuloso*: enfermizo. (escrófula: tuberculosis de los ganglios del cuello).

después en algún libro de Zola que las bocas como aquella son sensuales; pero la verdad es que Remedios era más dulce y afectuosa que ardiente y apasionada.

Cumpliría en Diciembre los 17 años, pero había sido víctima de dolores que la hirieron desde su infancia, abatiendo con cierto modo su espíritu infantil y dándole precozmente reflexión, prudencia y madurez. No haya temor de que, ignorados sus padres, resulte luego hija del Sultán de Marruecos en la penúltima página de este libro; nada menos que tal cosa: sus padres eran, y bien lo sabía San Martín, Doña Andrea Cabezudo, hermana ya difunta de Don Mateo, y Don Camilio Soria, Jefe político que fue del distrito, años atrás, y que encontró modo y coyuntura de dar al traste con el brillo no empañado del claro linaje de los Cabezudos.

Cuando la niña vino al mundo, Don Mateo era Mateo a secas, y por tanto no tenía el deber de indignarse, ni quizá el derecho.

Soria dejó la Jefatura cuando el Gobierno lo tuvo a bien, y se ausentó de San Martín sin volver a acordarse de Doña Andrea ni de su hija, pero durante su *administración* hizo tales y tan rigurosas economías, que al salir del empleo tenía comprada una regular finca de campo a diez leguas de la cabecera, y a ella se retiró para gozar tranquilamente del fruto de sus afanes y privaciones. Andando y rodando el tiempo, Soria contrajo matrimonio con una mujer que a poco resultó una harpía celosa y endemoniada, la cual logró dominar con absoluto imperio a su marido, que en verdad y en justicia era otra fiera. Murió Doña Andrea, dejando a Remedios de cinco años, y la harpía, en odio a Don Mateo, y por una aberración de los celos, cuyo estudio remito a los psicólogos novelistas, obligó, apremió y forzó a Soria a que recogiera a la chiquilla, quizá para vengar en ella el desliz de su marido.

Cinco años sufrió Remedios los más atroces tratamientos de la peor de las madrastras, sometida a duros y bajos oficios, soportando constantes y envilecedores ultrajes, a ciencia, paciencia y aun gusto del monstruo que tuvo por padre; y a tal grado bajó la condición moral de la desventurada niña, que llegó a ver como cosa común y corriente aquella vida miserable, y aun a creer de buena fe que no era acreedora a otra mejor, ni debía aspirar a conseguirla.

Pero he aquí que Mateo se torna Don Mateo, y adquiere por ende la obligación de tener vergüenza y el derecho de lucirla; ya monta buenos caballos, abofetea Jefes políticos, posee terrenos y tiene medallas; ya lee periódicos, y platica tú por tú con los más empingorotados personajes del pueblo; no puede menos que indignarse al recordar el ultraje de su nombre clarísimo, y despertando en él con mayor viveza el fondo de bondad de su brusco carácter, siente amor a la pobre niña que conoce apenas y cuyas desventuras oye contar alguna vez.

Pensarlo y hacerlo, todo fue uno; que en hombres tales no cabe poner distancias entre el propósito y la ejecución. Cala el *jarano* de más galones [38], apercibe las armas, y montando en el retinto [39] quemado [40], se dirige al pueblo de San Jerónimo Rioseco, en donde se celebra la fiesta del Santo Patrón a la cual Soria y familia deben de haber asistido. Y como allí están, en efecto, requiere a Soria en plena plaza para que le entregue a la niña; entran en dimes y diretes, salen de tono a las primeras de cambio, y a poco Don Mateo aporrea a su sabor al ex-jefe, da con él en tierra, le enloda, le abruma a coces, y tomando a la niña, se la lleva en medio del estupor general y de las maldiciones infernales de la harpía. He aquí un juicio sobre patria potestad ventilado en pocos minutos, y llevado a término sin complicadas tramitaciones.

Naturalmente, Soria y esposa alimentaron desde entonces un odio horrible contra Cabezudo, y juraron que la niña había de volver a la Hacienda del Roblar, aunque fuera para ello preciso acabar con todo San Martín. ¡Y qué bien la pasaría entonces la mocosa embustera! Por lo mismo que la aborrecían era necesario recobrarla.

Pero ¿no había autoridades en San Martín? Sí tal, y se dio poder especialísimo a Severo para acusar a Don Mateo de todos los delitos imaginables y exigirle la devolución de la niña; pero cuando Severo registraba el *Álvarez* y *El Litigante instruido* con más empeño, buscando en ellos la acción procedente, y preparando impertinentes recursos para la sazón y tiempo oportunos, el Comandante le envió un recadillo duro, que le hizo renunciar el poder. Era aquel un artículo de previo pronunciamiento no provisto por los autores.

No pudo el tiempo gastar los filos del odio implacable de Soria y esposa hacia el Comandante, y mes por mes y día por día, juraban a voz en grito que le habían de quitar a la mocosa desvergonzada, y tomarían de él la venganza correspondiente al agravio. Y como Soria era

---

38   *Galones*: cintas tejidas con las cuales se adornan los sombreros o los vestidos.
39   *Retinto*: caballo de pelaje color castaño.
40   *Quemado*: oscuro.

un mal hombre, con cierta gente de su parte y bastante fama de temible, la pobre niña vivía siempre con sobresalto, y yo no las tenía todas conmigo.

La revolución era peligrosa en aquellas circunstancias; y tanto pensé sobre esto, que un día acabé por imaginar el más singular desatino: casarme con Remedios en una semana. Burlose mi madre de tal pensamiento de pronto, pero llegó a enojarse cuando le tomó por lo serio, al comprender la formalidad de mi consulta. Estaba ella más que yo enamorada de Remedios; pero nos tenía por un par de muñecos, incapaces de juicio y sensatez. Dime yo a pensar sobre la oposición de mi madre; declaré y resolví que aquello no era sino el amor maternal revelado contra otro amor que le inspiraba celo: y como supiera que Don Mateo miraba con buenos ojos mi inclinación por su sobrina, un día me entré en su casa algo pálido y tembloroso, y por estudiar mucho la manera de declararme, hube de espetarle de golpe y porrazo la declaración más breve, franca y brusca de mi amor a Remedios.

A fuer de buen militar, el Comandante sufrió el asalto sin inmutarse y entró en materia.

No le parecía mal, si ambos nos queríamos, y si *la señora* (mi madre) estaba conforme. Antes que nada era necesario el acuerdo de la señora. ¿Contaba yo con él? Corriente; pues no habría dificultad. Pero en esos días *las cosas* andaban mal; esperaríamos un poco. ¡Canasto! Al fin éramos ambos muy jóvenes y podríamos esperar años enteros. *Las cosas* se arreglarían pronto y bien, y entonces serían de otro modo; porque así *debían ser*. Por otra parte yo no era nada hasta entonces, y un hombre debe hacerse algo antes de casarse; por ejemplo, recaudador de contribuciones. Y lo alcanzaría yo, ¡canasto! o el Comandante se quitaría el nombre. Pero bien visto no era necesario aquello, pues al fin era yo hijo de la señora, y eso bastaba, puesto que la señora era para él lo primero, y la memoria del señor (mi padre) tenía un lugar en su corazón... Sin embargo, era mejor esperar un poco, que *las cosas* andaban mal.

Me di al demonio con esta conversación, de la cual nada saqué en limpio, sino que Don Mateo estaba en un período de vacilaciones que revelaba la agitación interna que le dominaba.

– VI –

«La Conciencia Pública»

EDITORIAL.– «El pueblo, en ejercicio de sus inalienables derechos, por tanto tiempo conculcados, ha resuelto al fin romper las cadenas de la odiosa tiranía de los magnates que han creído ser dueños del país y que han querido tratar a los ciudadanos como a un rebaño de ovejas. Este resultado venía preparándose desde hace tiempo, y parecía que los mismos interesados en contenerlo se empeñaban en precipitar los acontecimientos que vemos hoy realizados. El pueblo reivindica sus derechos usurpados, y sigue a los pundonorosos caudillos que le enseñan el glorioso camino de la libertad. Cada uno de esos heroicos hijos de las montañas, que secundando el Plan de Venta-quemada, abandonan el hogar para acudir en favor de la dignidad nacional vejada, colocarán sobre su frente los inmarcesibles laureles que se ciñen los héroes, o la corona de siempre de los mártires».

Así comenzaba, continuaba y terminaba el editorial, el artículo *de fondo* que *La Conciencia Pública* llevó a San Martín en su número 14, correspondiente al 10 de Octubre de aquel año, y que puso en todos los ánimos suspensión y espanto. Los tres ejemplares que se recibían en la cabecera, iban de una a otra casa para ser leídos en voz alta, en medio siempre de un considerable grupo de personas. Muchas de ellas seguían al ejemplar en su peregrinación, para oír tres y cuatro veces aquellas estupendas noticias y la altisonante jerga en que estaban escritas.

Y había otro documento que comenzaba así:

«*Plan libertador.*– He aquí las bases y programa de la revolución iniciada por el ilustre General en la ranchería de Venta-quemada.

«Los suscritos ciudadanos, reunidos para deliberar sobre la situación que guarda el Estado, dada la apatía de los hombres que le gobiernan, y el ultraje constante que sufren los inalienables derechos del pueblo.

«Considerando: que el Gobierno del Estado, ha conculcado esos derechos, sin respetar los que garantizan nuestras leyes constitutivas, despreciando toda ley y todo... etc., etc.»

Seguían diez *considerandos,* que terminaban con cinco o seis declaraciones relativas a la supremacía de las leyes constitutivas, por centésima vez declarada y proclamada; y a la organización de la zambra, de la que era Jefe el general aquel de que hablaba *La Conciencia.* Los derechos del pueblo quedaban en el Plan bien aseguraditos contra toda conculcación, y diez veces reconocida su calidad importantísima de inalienables. La soberanía quedaba devuelta al mismo caballo blanco, el sufragio «venerado en el santuario de las urnas de la libertad», y las contribuciones maldecidas para lo porvenir; pero sustituidas en tanto por los préstamos forzosos, en virtud de las imperiosas necesidades de la revolución. Muy bien hecho: al que quiera azul celeste, que le cueste.

Pero quizá más que lo que copiado fielmente llevo, asombraban, movían y agitaban a los ciudadanos de San Martín algunos parrafitos de gacetilla, que quiero trasladar aquí para mejor ilustración del que lea.

«*Inicua arbitrariedad.*– Se ha librado orden de aprehensión contra el ilustre diputado Lic. José I. Pérez Gavilán y sus tres valientes compañeros, sólo por el grave delito de haber sostenido incólumes en el Congreso del Estado, su dignidad y los fueros de la ley. La indignación pública ha llegado a su colmo. Los diputados perseguidos se han ocultado por temor de ser víctimas de un atropello».

«*Adelante.*– El General Baraja al frente de seiscientos hombres se mueve ya sobre la cabecera del distrito de X. El Jefe político ha abandonado la población, según se dice. El cabecilla indígena Juan Pablo secundado el plan con cien hombres de la Ciénega».

Con fecha posterior y con caracteres borrosos e ininteligibles, acompañaba al periódico el necesario *alcance.*

«*¡¡Atentado inaudito!!* – *¡¡La Prensa amordazada!!* – *¡¡Un redactor vejado!!*... etc., etc.»

Así comenzaba aquella hoja que me rehúso a copiar por su extensión excesiva. Baste saber que refería menudamente cómo el día mismo en que saliera a la luz pública el último número de *La Conciencia,* la policía invadió la imprenta y redacción, atrapó al gacetillero, que no pudo, como sus compañeros, ponerse a tiempo en cobro, y le condujo a *chirona*[41] como responsable de artículos subversivos. Refería también, que la imprenta había sido embargada por supuestos acreedores, y mandamiento de un juez dócil y acomodaticio; terminando por manifestar que, resueltos a proseguir en la defensa del pueblo, no callarán a pesar de los atentados de que eran víctimas, y que *La Conciencia* continuaría apareciendo, aunque menguada y con borrones, en la pequeña y deficiente imprenta que habían habido a mano.

Si el lector ha vivido en algún San Martín de la Piedra, tendrá acaso por excusada demasía la pintura de lo que en aquella ocasión pasaba en mi pueblo. ¿Quién no ha visto en casos tales al Jefe político, Ponerse serio y engestado [42], como si cada vecino fuera un revolucionario peligroso, escribir muchas comunicaciones; despachar correos extraordinarios a altas horas de la noche; llamar a las autoridades y a sus parciales, y mostrarse más arbitrario que nunca? ¿Quién no ha visto a los Cabezudos hacerse misteriosos y dar a entender que todo se lo saben y de todo están al cabo; convocar sigilosamente a sus compadres, ahijados sobrinos y demás deudos para exponerles la situación, y asumir una actitud que los haga más y más importantes y temibles? ¿Quién no ha visto a los tibios encerrarse, a los tímidos hacen los enfermos, a los indígenas huir de la leva y a los acomodados del préstamo? ¿Quién por último no ha visto cómo la gente escasea en las calles; que éstas entonces se ven frecuentadas por los perros que abundan, que las mujeres van aprisa y que los chicos bullen con mayor contento, como previendo próxima vacación? Pues digan y afirmen todos que vieron a San Martín, a Coderas, a Don Mateo y a todos los pedreños, en aquellos días de apretado temeroso trance.

Como el distrito que tuvo la gloria de ser cuna de la revolución, y de abrazar y comprender en sus términos la ya famosa ranchería de Venta-quemada, era rayano del nuestro, aquella misma noche se aseguraba con pavor que los *pronunciados* estaban a las goteras de San Martín, sin que faltara al mismo Coderas la simplicidad bastante para

---

41 *Chirona*: prisión.
42 *Engestado*: haciendo gestos indicativos de disgusto.

ser de los que tal temieron. En tal virtud, desde luego aumentó la guarnición de la plaza con veinticinco hombres tomados de donde a bien tuvo, dispuso retenes, dobló las centinelas, anduvo a caballo, instruyó policía secreta y durmió en la Jefatura, que también hacía de cuartel.

Mi madre me tomó a cargo y no cesaba de sermonearme; me encerró a las seis de la tarde mal de mi grado, y llena de aflicción me decía:

—Hijo, que no salgas; por el amor de Dios que te estés quieto, si no quieres matarme de congoja. Mira que ya anda la leva y que el Sr. Coderas no ha de quererte mucho, por lo mismo que todos te tienen por partidario de Don Mateo. Si te llevan al cuartel me vuelvo loca. ¡Que no salgas!

Yo prometía y juraba no salir de mi casa en ocho días, para calmar la agitación de mi buena madre: pero tenía en realidad el propósito de escaparme a lo mejor, porque resueltamente era preciso que yo hablara con Remedios para saber qué pensaba el Comandante y resolver, sabido, lo que conviniera a la seguridad de aquella niña.

Durante dos días no pude burlar la vigilancia de mi celoso guardián, quien tenía el más escrupuloso cuidado de encerrarme a las seis de la tarde y de esclavizarme y someterme con sus cariñosas súplicas. Pero la tercera noche, establecida la confianza que garantizaba mi sumisión, mi madre entró en su cuarto para rezar tranquilamente sus largas oraciones, y yo me encerré en el mío so pretexto de arreglar las ya atrasadas cuentas del rancho que constituía nuestro patrimonio.

Serían las nueve cuando logré separar un barrote de mi ventana, después de cortado por el extremo inferior, de tal suerte que podía volverse a colocar en su sitio sin que fuese fácilmente notado mi delito. Salí, cuidando de no hacer ruido y dejando encendida la vela; cerré por fuera, atravesé la plaza, tomando rumbo a la casa de Remedios; pero para no pasar frente a la Jefatura, y evitar un retén, crucé diagonalmente, pasando por un ángulo de la iglesia. Mas antes de concluir la vuelta que era necesaria para salir a la calle principal, frente a la casa del síndico Cañas me detuvo un obstáculo que me enfrió súbitamente la sangre, pues las circunstancias, la oscuridad de la noche y la soledad de la calle no eran para menos. El tal obstáculo consistía en un caballo que, estorbando con su cuerpo más de la mitad del estrecho espacio transitable, me revelaba la proximidad de un hombre con quien yo no quería encontrarme, y me exponía al peligro de recibir un par de coces si me atrevía a pasar por detrás de la bestia. Mas advirtiendo que la puerta del Síndico estaba enteramente cerrada, atrevime a pasar sigilosamente por debajo del pescuezo del animal. Puesta por obra la determinación, creo que me caían tres retenes encima, al oír, que baja y cautelosa, la voz de Soria que hablaba con Cañas. El caballo se echó espantado hacia atrás, cerrando de golpe la puerta a que estaba atado, y yo con no menor susto llegué en tres saltos a la calle principal y doblé la esquina. Mucho me empujaba la curiosidad y aun el legítimo interés a volver a la casa del síndico para procurar enterarme de alguna parte de su conversación, pero un prudente recelo me apartó y distrajo de semejante idea.

Preocupado y temeroso por la presencia del ex-jefe en San Martín a tal hora y en tal compañía, seguí mi camino y llegué sin tropiezos a la casa del Comandante. Llamé suavemente a la ventana de Remedios, y poco después la voz de la niña preguntó:

—¿Quién es?

—Soy yo –contesté en–voz baja.

Abriose la ventana un dedito no más, por donde pude ver apenas uno de los hermosos ojos de la encantadora morena.

—Juan, por amor de Dios, ¿qué haces aquí? –me dijo angustiada–. ¿No ves que te expones a mil cosas?

—Lo veo; pero tus peligros me importan más.

—Yo no corro ninguno, Juan: vete, hazme ese favor por lo que más estimes.

—Sí lo corres –repliqué, hablando con precipitación para ahorrar tiempo–; lo corres sin duda, si tu tío tiene determinado meterse en la bola. ¿Qué sabes de esto? Sólo para preguntártelo he venido.

—Yo no sé nada. Pero, Juanito, te suplico que te vayas. Yo estoy bien; te aseguro que estoy bien.

—Mira –dije para interesarla–; acabo de ver tu padre.

—¡A mi padre! –exclamó espantada.

—Sí; en la casa de Cañas, que es un bribón de marca. Allí se trama algo contra tu tío, y por lo mismo contra ti, es decir, contra mí. Pero dime qué sabes de lo que piense Don Mateo, dímelo pronto, pronto, porque no tenemos mucho tiempo.

—Nada sé, Juanito, nada. Verás: esta mañana salió un rato y me dijo: «Si viene mi compadre Pedro Martín, dile que me espere». Pedro vino y le esperó. Hablaron un buen espacio y al despedirse, mi tío dijo: «Hable con los muchachos, y en cuanto regrese el correo le mandaré aviso para que me vea».

—Lo que yo temía –dije con desaliento– eso quiere decir que ya trata de levantar gente entre los del Arroyo, para entrar en revolución.

—¡Jesús, María!

—Eso no tiene remedio, hija mía; pero es necesario pensar en lo que será de ti. Si Don Mateo se mete, es fácil que tenga que abandonar el pueblo tarde o temprano, y en el caso, tú quedas expuesta a que ese Sr. Soria cumpla su capricho de llevarte a su casa.

—¡No lo permita Dios, Juan! No me asustes.

—No temas nada. Yo te juro que nada pasará; porque aquí estoy yo para cuidarte; si tu tío se va, yo me quedo; y antes que consentir en que se te toque un cabello consentiré en que me ahorquen.

Oímos pisadas de caballo a distancia; empujé la ventana para abrirla algo más, estreché la mano temblorosa de Remedios y dije precipitadamente:

—Procura averiguar y tenerme al tanto de lo que piense tu tío, porque importa. Adiós.

Escurrí el bulto rozando la pared, porque la oscuridad de la noche no era tal que el jinete, ya cercano, pudiera pasar sin verme; doblé la primera esquina y haciendo un largo rodeo pude sin novedad llegar a mi casa y entrar por donde había salido.

Nada había sentido mi madre, y queriendo justificar mi encierro, traté de hacer algo en mi libro de cuentas. La partida simple se tornó aquella noche partida triple por lo menos, pues en cada asiento asentaba yo tres disparates, confundiendo a este deudor con Soria, al otro con el Comandante, la cosecha con la revolución, y la ordeña con los préstamos forzosos.

Me acosté al fin, después de emborronar el libro lamentablemente. Soria, su mujer Remedios y su tío, bailaban caprichosas danzas en mi imaginación; y no sé si en la pesadilla del sueño o en el delirio de la calentura adiviné dos tipos que después conocí: el Maestro de Escuela y la Lechuza.

– VII –

¡También yo!

Amaneció el día siguiente, y con él mis inquietudes y zozobras, a tan alto grado puestas, que no parecía sino que me estaba encomendada la parte política y mañosa de la revolución. Y cuál no sería mi sobresalto, cuando mi madre, más blanca que esta hoja de papel, me anunció que el señor Jefe político me llamaba a su oficina, con la advertencia de que pasara por allá sin pérdida de tiempo.

Mi madre me dio las noticias que circulaban como nuevas en San Martín, en tanto que yo me vestía a toda prisa. Madrugaban, por cierto, las novedades, pues apenas serían las siete de la mañana; y eran aquellas, que Coderas no había pegado los ojos en toda la noche, pues un correo del gobierno le trajo papeles importantísimos y muy numerosos; sobre todo muy numerosos, pues los políticos de San Martín no comprendían una alarma sin su resma de papel florete[43]. Decían también las lenguas mejor movidas y más resbalosas, que entre aquellos pliegos los había que comunicaban reservadamente una derrota sufrida por el Gobierno, y la orden para imponer una contribución extraordi-

---

43   *Papel florete*: papel de primera calidad, más blanco y lustroso.

naria en aquel distrito tan digno de mejor suerte, como decía Severo.

Sin desayunarme acudí al llamado del Jefe político, si no es que puedan entrar en la categoría de desayuno las mil prevenciones, consejos y órdenes con que mi madre me conminó a que tomara un hilo de conducta tal, que había de conducirme al ovillo de la buena armonía con todo el mundo.

Entré en la Jefatura, la cual para oficina tenía todos los legajos y polvo suficientes, y un secretario que por su aspecto y condiciones fuera bastante para caracterizarla, aun cuando el escudo de madera colocado sobre la puerta principal, no lo denotase con su inscripción y su águila y su nopal. Frente a una mesa de antiguo cuño y que parecía desertada de refectorio de dominicos, parada sobre el menor número de pies en que el equilibrio estable era medianamente posible, se encontraba sentado con malísimo semblante el temible Coderas; el secretario, colocado en el extremo útil de la mesa, dejaba volar su ejercitada pluma, escribiendo la centésima circular que se dirigía a los presidentes municipales del distrito; y el Síndico Cañas, viejo chiquitín, escuálido, con ancha calva, de conducta y carácter escurridizos, a la diestra de la autoridad administrativa, recogía los párpados para leer desde su asiento lo que el secretario escribía y él dictaba.

El Jefe político me saludó con la mano desde lejos, con una familiaridad afectuosa a la cual no estaba yo acostumbrado; Cañas se puso de pie, y sonriendo hasta plegar toda la cara, me recibió dando dos pasos al frente.

—Siéntese vd., Sr. Quiñones –dijo Coderas.

Y yo obedecí, cada vez más perplejo.

Coderas, poco listo para todo aquello en que el ingenio fuera cosa esencial, abordó el asunto.

—Le he llamado a vd. para un negocio importante. Como las cosas se han puesto feas, ¿eh? y yo tengo que cumplir con mi deber, porque el deber es lo primero, he dispuesto que el Sr. Carrasco, mi secretario, se haga cargo de una compañía de voluntarios; y como yo necesito un secretario porque es necesario y además muy útil en la Jefatura, pues he dispuesto nombrarle a vd. para que venga en lugar del Sr. Carrasco.

No se requería una letra más para hacerme sudar frío.

—Yo creo que vd. no se negará –continuó el Jefe político–, porque se trata de servir al Gobierno, y además de que este es nuestro deber, ¿eh? además de que este es nuestro deber, pues también el Gobierno sabe recompensar a los buenos servidores que le... que le... es decir, a los buenos servidores que sirven y que se *rifan*[44] en estos casos y que no tienen miedo.

Yo, que maldito si quería *rifarme* y que veía llegar una secretaría, precisamente cuando no la deseaba ni la podía ver sin horror, me quedé de una pieza.

—Ciertamente, Juanillo –dijo melosamente el síndico, con un chacoloteo[45] de paladar que me pareció de víbora de cascabel–; en estos casos es cuando se abre para los jóvenes como vd. un buen porvenir. Yo lo doy el buen consejo de que ni vacile; tanto porque así mejora la posición de vd. como porque se prepara para la vida pública, que siempre comienza por poco. Sí, señor Comandante, esté vd. seguro de que Juanillo acepta; es hombre que lo heredó de su padre que fue muy amigo mío; yo creo que puede vd. mandar que se le extienda el nombramiento. ¿Verdad, Juan? Sí, señor; que se le extienda.

Por fin pude abrir la boca, aunque no muy dueño de ella. Me excusé tímidamente con las circunstancias de ser único sostén de mi madre: se me contestó que nada quitaba el que yo continuara siéndolo; argüí que mis peligros la hacían sufrir extraordinariamente: se me replicó que no corría yo ningunos; reventé al fin, manifestando que ambos argumentos míos descansaban en la situación actual, intranquila, incierta y peligrosa, ¡y jamás lo dijera...! Coderas lanzó un terno[46], se puso encendido de cólera, cerró los puños, y dejando caer uno de ellos sobre la destartalada mesa, gritó:

—Pues qué ¿cree vd. que a mí me hacen algo esos roñosos? Pues qué ¿cree vd., que yo les tengo miedo o que no deshago en un momento a esta punta de marranos? Pues que se levanten ¿eh? que se levanten y que me busquen ruido, que es lo que estoy deseando para darles una zurra que se han de acordar de mí. ¡Vaya, hombre! Pues era la última que ahora anduviéramos con esas. Que vengan, que grite uno siquiera y verán todos estos cabezudos o cabezones como no dejo cabezón parado, porque no sirven ni para limpiar mi caballo ¿eh? Sí, señor, ni para limpiar mi caballo; y si a vd. no le gusta que yo lo diga, pues que no le guste, pero yo me he de pasear sobre todos, y a todos se los ha de

---

44   *Rifan*: que se arriesgan, que no tienen miedo enfrentarse a una persona.
45   *Chacoloteo*: ruidos hechos con la boca al hablar, como el que hacen las herraduras flojas o faltas de clavos.
46   *Terno*: conjunto de tres cosas: *lanzó un terno* dijo algo vulgar compuesto de tres palabras.

llevar el diablo; porque no les tengo miedo ni a ellos ni a la...

Basta para muestra del estilo oficial de San Martín; y ahorrándome yo trabajo, dejo al lector el de subrayar cuanto guste en el párrafo anterior.

En vano Cañas el político, el fino, el mañoso, el sutil, quiso contener el desbordado torrente de aquella brutal cólera, comprendiendo el mal efecto que debía producirme y el resultado que de mi conferencia con ellos había de esperarse después de tal descarga. Hubo al fin de inclinar la cabeza hasta que Coderas calló, que fue cuando le dio la gana.

Coderas se paseaba en la sala a lo largo, lanzando de vez en cuando esos sordos carraspeos, que son como las últimas amenazas del perro que ladró con furia. Detúvose repentinamente, mirome con ojos de tigre herido, y dijo:

—Por fin, ¿acepta vd. o no?

Yo miré a Cañas como quien dice una plegaria. ¡Así el que lucha con las aguas de un río que le ahoga, se agarra de una ortiga si no hay otra cosa! Y la ortiga me abrazó la mano y se escurrió entre mis dedos.

—¡Eres un niño! –vociferó en airado tono.

El señor Comandante tiene razón de enojarse. ¿Pues qué has creído tú de esos revoltosos que andan escandalizando el país? Pero mereces perdón, porque eres de veras una criatura. Vamos; déjate de tonteras y acepta el favor que el señor Jefe quiere hacerte. Yo bien sé que eres amigo del Gobierno, pues así era tu padre; pero si vienes con las necedades de esta gente, tendré que reprenderte como debo.

Lejos de ser este el lenguaje que Cañas usaba habitualmente conmigo; era enteramente opuesto; aquel veleta, que por adular a alguien era capaz de adularse a él mismo, siempre meloso y blando, tenía costumbre de halagarme con elogios y esperanzas para lo porvenir.

Sentía yo las mejillas abrazadas y las orejas como ascuas, pues he tenido siempre la dicha de sentir muy vivamente la indignación; pero confieso que siendo aquella la vez primera que me veía humillado por una voluntad imperiosa y amenazado con violencia, no tuve el valor necesario para rechazar con energía el empleo que de tal modo se me ofreciera.

Coderas no se movía de la posición que había tomado, y clavando siempre los irritados ojos en los míos, insistió con grosería.

—¿Por fin acepta?

—Señor –contesté–; no tiene vd. motivo para incomodarse, pues nada he dicho que lo merezca; yo no soy partidario de la revolución...

—Eso es –intercaló Cañas.

—Ni de ninguno –continué–; pero en todo caso, si vd. creo necesarios mis servicios...

—Eso es, eso es –repitió el síndico.

—Yo no tengo inconveniente. Sólo deseo que me permita vd. hablar sobre esto a mi madre; porque sometido siempre a ella y respetando sus consejos y disposiciones, no quisiera dar este paso sin consultárselo.

—Eso es –dijo Cañas de nuevo–. Sí, señor; bien puede vd. permitírselo, seguro de que la Sra. Doña Francisca no dejará de consentir en ello.

—*Bueno* –contestó el Comandante–, está *bueno;* pero ya sabe vd. que de todos modos ha de ser vd. el secretario, porque lo primero es el deber y a mí no me espanta nadie ¿eh? Le doy dos horas para que vaya y vuelva, y si a las dos horas no ha regresado, le mando traer de una oreja y le pongo de soldado raso. ¿Me entiende? *Bueno;* pues ya se puede ir y mucho cuidado.

Cuando salí de la Jefatura las lágrimas de la debilidad ultrajada indignamente brotaban de mis ojos. Tomé el camino de mi casa; pero ciego y sin tino, doblé la primera esquina que alcancé y haciendo un rodeo me dirigí a casa de Don Mateo Cabezudo.

Entré. Don Mateo hablaba en la sala con el indio Pedro Martín en voz baja, y al verme se sintió contrariado. Se levantó del viejo sillón de vaqueta en que estaba sentado y salió con forzada y escasa cortesía a mi encuentro: pero debió de notar algo extraño en mi semblante, pues me preguntó con cierta inquietud:

—¿Qué tiene vd.? ¿La señora está mala?

—No, señor –respondí casi con las lágrimas en los ojos, y sintiendo aún que me zumbaban los oídos–. Quiero hablar con vd. en este momento, y como creo que Pedro es también de los pronunciados, no hay inconveniente en que me oiga. Yo también entro en la bola.

El Comandante se quedó estupefacto y miró a Pedro con aire de consulta.

—Pero, Juanito, –me dijo–: eso de la bola no es cosa hecha... yo no me he metido...

—No me diga vd. eso, porque yo lo sé todo; todo lo sé y quiero tomar las armas y acabar con estos bandidos.

—Pero la señora...

—Yo soy ya hombre y no debo consultarla. Señor Comandante, hágame vd. favor de admitirme entre sus soldados y de pronunciarse hoy mismo...

No hubo medio de calmarme. Me hizo tomar asiento a su lado, referí lo ocurrido entre las exclamaciones de ira de uno y otro revolucionario, y admitido resueltamente como partidario útil y provechoso, se determinó que mientras se concluía la organización de *los muchachos,* me ocultara yo en el rancho de la Guayaba, en donde estaría bien, dada la discreción y miedo de los Llamas. Desde luego Don Mateo me diputó por el más adecuado para servir su secretaría de campaña, y me encargó que en mi escondite fraguara, concertara y puliera aquella famosa proclama que tantos elogios mereció de los pedreños, y que atribuyeron de pronto a la castiza y atrevida pluma del tinterillo orador.

¡Cuán otro me sentí después de todos estos arreglos! ¡Yo secretario! ¡Yo tramando revueltas! ¡Yo perseguido! ¡Yo haciendo proclamas! Luego era hombre hecho y derecho.

Los escrúpulos del Comandante respecto a la señora, y aun los míos, desaparecieron por esta sola consideración: de no meterme en la bola, tenía que aceptar la secretaría de la Jefatura, lo cual era meterme contra la bola; pues si todo daba lo mismo para perder la tranquilidad, más valía estar en la revolución, supuesto que ella debía de vencer, dados sus poderosísimos elementos. Don Mateo fue encargado de persuadir a mi madre de que había yo hecho muy bien.

Quedaba, pues, resuelto que yo me ocultaría en el rancho de los Llamas; pero mientras tanto, las dos horas que Coderas me señaló estaban próximas a espirar, y de un momento a otro me mandaría traer de una oreja para hacerme soldado raso. Pues nada; me escondería allí mismo, en lo más oculto de la casa, hasta la noche, entrada la cual, montaría en un caballo de segunda orden de los del Comandante y me escaparía cautelosamente, llevando una carta para los dueños del rancho.

Don Mateo salió, advertido de que a mi madre debía decirla que yo había partido ya, a fin de evitar una imprudencia; y sea porque no tenía medio de evitarlo o porque las cosas del día le preocupaban, no tomó ninguna celosa providencia para evitarme ver y hablar a Remedios; pues debo manifestar para que cada cual quede encerrado en el alcázar de su propia conducta, que si bien Don Mateo consentía en mi matrimonio con su sobrina, no podía soportar siquiera que pasara por su casa con alguna frecuencia.

Cuando quedé solo y descargada en parte la nube de sangre que me cegara en la Jefatura; cuando sentí que la idea de la bola me causaba un escalofrío desagradable, dos seres se presentaron a mi imaginación como reprochando mi conducta: mi madre y Remedios. La primera que no tenía en el mundo ni más consuelo ni más sostén que yo, llena siempre de abnegación para mí y cuyo mayor cuidado consistía en la menor sombra de pesar sobre mi frente.

La segunda, niña que al abrir el alma a la vida acogió en ella con amor purísimo la ternura que le ofrecía, no tenía en la tierra más que dos seres en quienes derramar el riquísimo tesoro de su cariño: y ambos egoístas, vanidosos, e ingratos, iban a abandonarla sin piedad en la soledad del alma y enmedio de sus enemigos jurados. ¿Qué sería de ellas? La pobre anciana iba a correr loca por el pueblo buscando a su hijo para sustraerle del peligro en que sin duda su lúcida imaginación de madre lo veía ya rendido y espirante: ¡ah! y quizá las gentes sin piedad se burlarían de su dolor. La niña derramaría desolada y afligida, abundantes lágrimas, y si la suerte nos era adversa y la revolución se veía derrotada o batida de pronto, caería sin duda en poder de las fieras que, por un odio salvaje, no perderían la ocasión de saciar en ella sus horribles rencores.

Volaba así mi imaginación calenturienta, arrastrándome a contemplar los más dolorosos cuadros; dejéme caer con desaliento y frío en el sillón de vaqueta, y desde el fondo de mi alma atribulada y arrepentida; maldije la bola una y mil veces.

De pronto se operó en mi espíritu una reacción vigorosa. ¿Qué me importaban a mí aquellas cosas? ¿Por qué había de herir tan profundamente a los dos seres, para quienes quería vivir, y únicos por quienes debiera jugar mi existencia? Podía ocultarme sin ausentarme, y sobre todo, sin meterme con unos ni con otros, sustrayéndome simplemente a la persecución de Coderas. Permanecería en lugar conocido por mi madre y Remedios, y aun vendría a San Martín ocultamente algunas noches, para informarme de su situación y cuidarlas.

Poco caso hacía yo en aquel momento del compromiso contraído con Don Mateo y Pedro Martín. ¿Qué obligaciones podría yo tener con aquel par de locos? Olvidé en medio de mis amargas imaginaciones aun el lugar en que me hallaba, desaprovechando la ocasión de ver a Remedios, decirla una palabra cariñosa y estrechar dulcemente su mano delicada.

Don Mateo al salir me había recomendado que estuviese cuidadoso y desconfiado, y que en caso de necesidad corriese al sotabanco del último cuarto de la casa, depósito del aguardiente que producía su alambique, en donde no sería fácil encontrarme; pero su previsión revolucionaria se extendió también a mandar ensillar el caballo que me destinara, para que mi fuga en último extremo no tuviera tropiezo alguno.

Cuando yo, más hundido en mis pensamientos y dolorosas consideraciones, me proponía romper mis recientes ligas con los revolucionarios, ausentarme de San Martín, pero permanecer a poca distancia y comunicarme desde allí con mi madre y Remedios, entró ésta, brusca y precipitadamente en la sala, viniendo del patio, y dirigiéndose a su cuarto. Estaba lívida y con los ojos extraviados de espanto, y al verme, olvidada su timidez y vencido su recato, se refugió en mis brazos como cordero que persigue el lobo.

El corazón me dijo lo que pasaba, y lo confirmó el gruñido de fiera que al mismo tiempo oí en el patio. Empujé a Remedios violentamente hacia el rincón de la sala que tenía yo detrás, y ciego, agitado, fuera de mí, me lancé hacia la puerta, llevando, en las manos no sé qué: creo que era una silla tosca, sólida manufactura pedreña. Al salir de la sala encontré a alguien a quien no vi; choqué con él porque ambos corríamos; vacilamos los dos a punto de caer; otro hombre surgió delante de mí, dio un grito horrible y cayó al suelo, en tanto que yo levantaba en alto un pedazo de la silla rota en mis manos. En aquel mismo instante sentí que una mano de acero me apretó rudamente la garganta; perdí el equilibrio, iba a caer; pero la mano aflojó sus tenazas y otra más brusca me dio un fuerte empujón hacia adelante, a tiempo que oí la voz de Pedro Martín:

—¡Monte y váyase!

Sonaron dos detonaciones a mi espalda y llagaron a mi oído dos o tres palabras pronunciadas por el Comandante Cabezudo, que no son para escritas, pero que pueden adivinarse sin dificultad.

– VIII –

Los Llamas

El rancho de la Guayaba parecía creado para el idilio por un poeta de buen gusto, y de ingenio superior a los más de los que hoy se usan y estilan. La naturaleza, revelándose contra los sueños clásicos, que clásicos y todo, son más desatinados que las fiebres románticas de mayor intensidad; la naturaleza, digo, enseñaba allí a los excelentes Llamas cómo se forja el idilio americano, y cómo la habría soñado y revestido el poeta de las bucólicas[47], si hubiera nacido en nuestro siglo y en nuestros climas. Allí no había pastoras ni ovejas; las Galateas[48] eran desconocidas, tanto como los Batilos[49] y Filenos[50], los rabeles[51] y las zampoñas[52]; pero maldita la falta que hacían.

El río de los Venados golpeaba sus abundantes aguas contra las

---

47   *El poeta de las bucólicas*: Virgilio (Publius Vergilius Maro, 70 adC - 19 adC) poeta roma-
no autor de la *Eneida* y las *Bucólicas*.

48   *Galatea*: pastora, heroína de *La Galatea*, la primera novela de Miguel de Cervantes
(1547-1616) publicada en 1585, perteneciente al subgénero pastoril definida por el
autor como una "égloga en prosa".

49   *Batilo*: nombre de un pastor "mozo algo inclinado a los placeres mundanales, a las
hembras, al vino, y al campo" aparece en varias novelas y pastorelas, entre ellas *Batilo.
Égloga en albanza de la vida del campo*, de Juan Meléndez Valdés, (1754-1817)

50   *Fileno*: pastor, personaje que cuenta sus cuitas de amor no correspondido a sus amigos
en la *Égloga de Fileno, Zambardo y Cardonio*, de Juan del Enzina (1469-1529)

51   *Rabel*: instrumento musical de cuerdas pequeño, como un laúd, de tres cuerdas, que se
ejecuta con una arco y tiene un sonido agudo.

52   *Zampoña*: instrumento musical pastoril compuesto por varias flautas (flauta de Pan).

enormes piedras que interrumpían el ancho cauce, y mientras una ligera capa de niebla, como agua pulverizada, se mecía sobre la superficie espumosa del río, el ronco estrépito de la corriente contrastada y revuelta llenaba el espacio con rumor sonoro y majestuoso. Ancho y verde bosque ceñía y encauzaba la impetuosa corriente, y el viento del otoño parecía gozarse en las altas copas de los árboles, que se mecían a su impulso, lanzando como un suspiro prolongado y dulce. En seguida y sobre la margen izquierda comenzaba una ancha pradera no enteramente desprovista de árboles, y frecuentemente interrumpida por grupos de arbustos que formaban pequeños oasis. Y allí donde el bosque parecía, con árboles gigantescos avanzados, querer invadir los dominios de la llanura, y ésta pugnaba por llevar sus zacatecales[53] al interior del bosque, se mostraba humilde y sencilla la desgarbada casuca de los Llamas, a la cual rendían culto y veneración hasta media docena de jacales[54] apoyados en los gruesos troncos de los árboles, o guarecidos bajo su fresca sombra. A cincuenta varas de la casa, un corral con unos cuarenta becerros; cuatro o cinco vacas al derredor, consolando a los tiernos prisioneros y lamiéndolos por entre las estacas de la cerca, entre uno y otro mugido cariñoso; cantos de pajarillos en el bosque que regresan ya al nido; dos o tres mozas que tararean sones extraños a orillas del río mientras llenan los cántaros; trabajadores que vuelven de los sembrados con la azada al hombro y el cigarro en la boca; y todo esto alumbrado por un sol poniente que dora las lomas, fingiendo con ayuda del viento en los zacatales olas inquietas sobre un mar de oro líquido, en tanto se alza como única digna de cantar tanta belleza la ronca voz uniforme y soberbia del desatado río. Y si esto no es idilio o no es verdad, que baje Dios y lo diga.

El pastorcillo de grande ingenio y sonoro rabel, y la zagaleja[55] de rosados talones y manos de algodón, no se crían en el rancho de la Guayaba: sólo pueden vivir y medrar en el gabinete de estudio del desalmado belenista[56], que a trueque de parecerse a los antiguos modelos, no rehusaría calarse el yelmo de Mambrino[57] ni aun tomar el bálsamo

---

53 *Zacatecal*: o *zacatal*, terreno en que abunda el zacate, pastizal, del náhuatl *zacatl* "hierba, pasto".

54 *Jacal*: choza, casucha pobre. Probablemente del náhuatl *xacalli*, quizá reducción de *xalcalli*, literalmente "casa de arena".

55 *Zagaleja*: diminutivo de *zagala*, moza doncella; pastora joven.

56 *Belenista*: prisionero de la cárcel de Belén, famosa durante la época de don Porfirio.

57 *Yelmo de Mambrino*: Yelmo encantado que daba la invulnerabilidad a su poseedor y por el que Reinaldos mató a su dueño, Mambrino. Don Quijote creía que su bacía de barbero era el dichoso yelmo.

de Fierabrás[58]. Él es el temible desfacedor de agravios, enderezador de tuertos, amparo de viudas y tutor de pupilos que sobrevivió a Cervantes; pero ahora rompiéndose prodigiosamente las ligas que pusieran entre amo y escudero, la locura de uno y la simplicidad del otro, Don Quijote embraza su lanzón contra Sancho, y Sancho ríe a su sabor y menudea las burlas.

Todo esto lo pienso ahora; pues en aquellos días preñados de inquietudes y peligros, lo que menos me ocurrió fue hacer idilios ni deslizar la imaginación por el áspero camino de la crítica literaria.

¿Qué había sucedido? ¿A quién había yo matado? ¿Quiénes dispararon pistolas a mis espaldas? ¿Había muerto Soria o sacarían Don Mateo y Pedro la peor parte? Yo una vez sobre el caballo, salí a la calle por la puerta que daba al Norte, y vi salir a Remedios y su vieja criada Pepa, acompañadas por tres hombres del barrio del Arroyo; supe que la llevaban a una casa del arrabal y la seguí.

Allí me detuvo, no obstante las súplicas de Remedios, que, pálida y nerviosa, temía más por mí que por ella. Vi reunidos en un momento más de treinta hombres armados de machetes, garrochas y algunas escopetas, y tomé el rumbo del rancho, haciendo el necesario rodeo, sólo cuando recibí orden formal de hacerlo, que en nombre de Don Mateo se me comunicó, aunque sin decirme su estado y paradero; y cuando me persuadí de que Remedios, bien escoltada y bien montada, tomaba el camino de la hacienda más próxima del Comandante: San Bonifacio.

En el corredor de la casuca que daba frente al río, refrescado por una enramada añadida a la altura de la solera, tenían los Llamas su comedor; y estaban en la mesa tomando los primeros sorbos de un buen caldo, y refiriéndose recíprocamente los dos hermanos y las señoras las hazañas de Artagnan[59], cuando les caí como llovido del cielo.

—¡Juanillo! ¡Pues es Juanillo! –gritó Don Justo, levantándose y saliendo a mi encuentro.

—¿Juan? –dijo Don Agustín–. ¡Es verdad!

Todos me abrazaron, inclusas las dos solteronas, y todos se atropellaban haciéndome estas preguntas:

—¿Qué milagro?

---

58   *Bálsamo de Fierabrás*: según la leyenda épica, cuando el rey sarraceno Balán y su hijo el gigante Fierabrás conquistaron Roma, robaron en dos barriles los restos del bálsamo con que fue embalsamado el cuerpo de Jesucristo, que tenía el poder de curar las heridas a quien lo bebía. Don Quijote se la relata a Sancho Panza en el capítulo décimo, incluyendo la receta para recrear el líquido por "menos de tres reales".

59   *D'Artagnan*: el personaje de las novelas *Los tres mosqueteros. Veinte años después* y *El Vizconde de Bragelonne* de Alejandro Dumas (1802-1870).

—¿Cómo tanto bueno por aquí?

—Vamos –dijo Don Justo, que era siempre el que al fin predominaba, como mayor en edad, saber y gobierno–; llega usted a tiempo, pues comenzábamos a comer; y aunque platitos de pobre, vd. sabrá disimularlos y gustará de alguno...

—Gracias –interrumpí–; continúen vds.; yo no como.

Por de contado que no tuve la energía necesaria para dominarme y ser fino con aquella buena gente.

—Pero, hombre, de seguro que vd. no comió en San Martín.

—No, ciertamente.

Y recordé entonces que no me había desayunado tampoco.

—Pues coma vd., hombre, coma vd. –me gritó Don Agustín, que era hombre que gritaba siempre, sobre todo, si se trataba de demostrar la superioridad de Athos[60] sobre los demás mosqueteros.

Yo me senté y no dije una palabra. Mi espíritu no estaba aún ejercitado en tan rudas impresiones y combates.

—¿Está vd. malo, Juan? –me preguntó Doña Sabina agitada.

—De veras, Juan, vd. tiene algo –añadió su hermana alargando el pescuezo hacia mí.

Contesté negativamente y procuré que comieran; pero no fue posible, e incapaz ya de resistir a sus reiteradas instancias, entregué a Don Justo la carta del Comandante. Palpó él exteriormente las bolsas de la chaqueta y el pantalón, mirando con inquietud el sobre, y hubo de encontrar los anteojos al cabo de tres minutos. Leyó con cierta dificultad los renglones de palotes[61] escritos por Don Mateo, repasándolos algunas veces, y fuese pintando en su semblante una serie de diversas impresiones interiores, que los hermanos seguían con angustia, mirándole de hito en hito. Dotados de buen olfato, los Llamas se habían trasladado a la Guayaba tan luego como *La Conciencia Pública* les había anunciado próxima tempestad, e ignoraban de todo punto lo ocurrido aquel día.

Mientras la carta pasaba a las manos de Don Agustín, y las solteronas, colocadas a su espalda, la leían también por encima de la cabeza de aquel, Don Justo, vacilante, indeciso y tartamudo me dirigía estas palabras:

—¡Es decir, que la revolución es ya un hecho en San Martín! ¡Es decir, que ya los hombres trabajadores y honrados, vamos a comenzar

---

60   *Athos*: otro de los tres mosqueteros de la saga de Alejandro Dumas, era noble (conde de la Ferré) y había tenido un matrimonio no feliz.

61   *Palotes*: letras de rasgos infantiles.

a sufrir de nuevo los estragos de la gente desordenada y sin oficio! Lo mismo fue hace pocos años, y eso que la gente de San Martín no se ha metido en todas las bolas. Mañana echarán un préstamo los de la revolución y pasado mañana los del Gobierno, y esos mejor se debieran llamar dádivas o robos, puesto que nunca se los pagan a uno.

Al buen viejo casi se le saltaban las lágrimas.

—Sí, señor –continuó–; yo he contraído compromisos para mejorar algo este rancho, agregándole un pedazo de tierra que pertenecía a Cerro–verde; ¡y es una verdadera picardía que porque al Sr. Gavilán se le antoja trastornar el país, yo no pueda pagar mis deudas y realizar un beneficio para mi finca, porque unos y otros necesitan de mi dinero, de mis caballos, de mis toros y hasta de mi casa, para matarse y perjudicarse recíprocamente! Pues no, señor; que fusilen, que ahorquen a ese Sr. Gavilán, y todo quedará en paz. De seguro que el tal Gavilán no tiene ni en qué caerse muerto, ni tampoco ganas de trabajar, y por eso arma estas bolas que en nada pueden perjudicarle...

—Es claro –gritó Don Agustín, tirando la carta sobre la mesa–; es claro que ese licenciado no tiene nada, ni siquiera pleitos. El hombre trabajador se interesa por la paz, y este señor ha sido siempre inquieto y amigo de las revueltas. Pero no: lo que es ahora va a llevar chasco; porque el pueblo está cansado de motines y desórdenes y ya no quiere más...

—Eso es la verdad –dijo Don Justo.

—¡Ya no quiere, ya no quiere! –clamaron a dúo las angustiadas señoras.

—Es claro que no –concluyó el de los gritos.

¡En aquel tiempo se creía de buena fe que nuestro pueblo era capaz de cansarse!

¡Cuántas cosas dijeron! ¡Cuánta doctrina acumularon, sana y sentenciosa, y cuánta censura reunieron, acre y punzante contra revoluciones y jefes de revueltas! ¡Cómo se marcaban en aquellos cuatro semblantes la ira y el temor, el despecho y la angustia, la desesperación y el abatimiento! ¡Y cómo sus cortas inteligencias confundían la revolución con la bola lamentablemente, al modo que en sus juicios pesaban en la misma balanza a Artagnan y al Cid, a Milady[62] y a María Stuardo![63]

---

62 *Milady*: tratamiento con que se nombra a un personaje malvado en la novela *Los tres mosqueteros*, y quien finalmente resulta ser la ex esposa de Athos.

63 *María Stuardo*: Mary Stuart (o María Estuardo en la forma castellana habitual, 1542-1587). Personaje histórico de vida novelesca. Hija de Jacobo V y María de Guisa, fue reina de Escocia al año de nacer tras el fallecimiento de su padre en 1542. Su hijo sucedió a Isabel I en el trono.

—En todo –les dije cuando me dejaron hablar–, tienen vds. mucha razón, y veo y comprendo que mi presencia en su casa los pone en peligros que no tienen por qué correr. Estoy avergonzado de mi imprudencia (y era la verdad) y voy a retirarme, rogándoles solamente, que recojan las cartas o noticias que para mí vengan, mientras doy aviso a mi madre del lugar en que haya de permanecer.

Estupor general. Vacilación brevísima en que los Llamas se desconciertan y vuelven sobre sí. Desorden en seguida, pues todos cuatro se disputan el derecho de darme una satisfacción.

—¡Pero, hombre, qué está vd. creyendo!

—¡No nos ha entendido vd.!

—¡Si yo no he dicho eso!

—¡No faltaba más que le dejáramos ir!

—¡Vaya un Juan!

—¡Ah qué Juanito!

—¡No, hombre de Dios! Entiéndanos vd. Esto que lo decimos se refiere... se refiere así... a las revoluciones en general; es decir, no quisiéramos que hubiera ninguna; porque sufrimos justos por pecadores; pero en esta vez... pues en esta vez deseamos que triunfe, por muchos motivos, principalmente por nuestro buen amigo Don Mateo, que merece estar muy alto y que es víctima de muchos abusos. No, señor; no se irá vd. y aquí le ocultaremos. ¿Le vio a vd. entrar algún terrazguero[64] de la finca? Bueno. Pues no hay cuidado. Los criados son seguros; su caballo de vd. permanecerá siempre ensillado en el patio de adentro. Vd. se encierra en el cuartito de Sabina y no sale para nada. Allí hay novelas para que se distraiga.

Resistí, sin embargo, devolviéndoles sus propios argumentos y consideraciones; pero los cuatro hermanos contestes y unísonos me vencieron.

—Se queda vd. y muy que se queda.

—Pues me quedo.

El cuartito de Doña Sabina, que como la menos envejecida y más frescachona, era la niña mimada de la familia, tenía relativamente alguna comodidad y mejor aseo. No faltaban siquiera ni el aguamanil de porcelana corriente, ni la mesita de carpeta azul a que daba la señora el ambicioso nombre de escritorio.

---

64 *Terrazguero*: arrendatario trabajador de la tierra que paga el arrendamiento con trabajo y recibe órdenes de los señores. Se trata se una institución prehispánica mixteca conservada luego.

Allí me encerré con el alma atribulada y congojosa, acosado de las más terribles imaginaciones que no me era dado vencer ni moderar. Sabía yo de lo que eran capaces los Coderas despechados y furiosos; y si la suerte de Remedios podía inquietarme, mucho más me afligía la que mi madre probaría tal vez, desconsolada y enloquecida con mi ausencia y mis peligros, y quizá ultrajada y aun maltratada por aquella bestia feroz.

No sé cuánto tiempo permanecí sentado frente a la mesita con los brazos cruzados sobre ella y la cabeza entre los brazos. Una mano abrió la puerta del cuarto, y luego vino a posarse sobre mi hombro. Alcé la frente y apenas pude reconocer a Don Justo, pues casi había oscurecido por completo; pero bastome oír su voz recatada, seria y pastosa, para comprender que estaba vivamente afectado. Llegó en el momento en que, siéndome las cavilaciones insoportables, me determinaba como buen *bolista* a desobedecer a mi Jefe, largándome para San Martín en busca de mi madre.

—Me voy –le dije anticipándome.

—¡Qué ha de irse vd.! –contestó el propietario, dominado por el mal humor–. Tenga vd. esto, y espere aquí al correo que quiere hablarle.

Tomé la carta que se me daba y rompí el nema[65] con precipitación. Doña Sabina me llevó una vela y leí los garabatos del Comandante, que se reducían a decirme que escribiera inmediatamente la proclama en un tono como el de *La Conciencia,* si era posible tanto, y se la mandara desde luego con el mismo correo, para repartirla manuscrita, mientras se imprimía. Después de la firma decía:

«*Aumento.*– No se mueva de allí.

Vale.»

La orden no podía ser ni más terminante ni más lacónica. En la carta que escribió a Don Justo le decía: «No me deje salir a Juan». Y nada de explicar aquella orden tiránica.

Llamé al correo, y vi ser Antonino, mozo del barrio del Arroyo, a quien conocía yo bastante, como a todos los de San Martín. Aun le agradezco, hoy las noticias que me dio y los recados que de mi madre por su boca recibí. Estaba sumamente afligida, pero confiaba en Dios y en mi juicio. Sabía cuanto había pasado en la Jefatura y en casa del

---

65   *Nema*: sello de una carta.

Comandante y lo que más atribulada la tenía, era que al decir del curandero del pueblo, el mozo de Soria a quien había roto la cabeza con
la silla, estaba muy grave. Mi casa había sido cateada y sometida mi
madre a rendir largas declaraciones en la Jefatura sobre mi desapa-
rición; pero ningún atropello se le había cometido.

Me parecía verla, al oír sus recados en la tosca lengua del pedreño;
y no pudiendo contenerme, dejé durante un rato correr mis lágrimas.
Después entramos en materia y el mozo me refirió los hechos brevemente. Don Mateo y Pedro Martín fueron a mi casa mientras yo estaba
en la casa del Comandante, y allí se encontraban cuando tres soldados
se presentaron para llevarme a la Jefatura, por orden de Coderas.
Ambos corrieron a buscarme en seguida, temiendo que se me sor-
prendiera en mi escondite, y tratando de prevenirme; y cuando al
entrar me vieron esgrimiendo la silla y a Soria acogotándome, lanzá-
ronse sobre él y otros dos que le acompañaban Don Mateo y el indio
Pedro. A un bofetón respondió Soria con una bala que el Comandante
le devolvió en seguida. Nadie se hizo daño, y Soria y sus acompañantes
abandonaron el campo, huyendo por la sala a la calle y dejando mal-
trecho y sin conocimiento al que recibió el silletazo. Cuando Remedios
salió, ya la acompañaban algunos partidarios del Comandante, que le
siguieron cuando iba de mi casa a la suya al verle tan apresurado. Salieron luego él y Pedro, con la oportunidad necesaria para que al llegar
los esbirros de Coderas no encontraran en la casa ni siquiera un caballo.
San Martín quedaba hecho *una lumbre* [66], y Don Mateo y Pedro, con
cosa de doscientos hombres, en las rancherías más próximas al pueblo;
pero malísimamente armados, esperaban para atacar a Coderas a su-
perar con el número la ventaja de las armas que aquél tenía. El Jefe político probablemente había reunido ya unos ochenta hombres, aunque
la mayor parte le aborrecían y eran cogidos de leva. Por último, Don
Mateo pensaba venir a la Guayaba al día siguiente, y quizá por eso me
obligaba a permanecer en el rancho.

Aquella noche no dormí hasta las cuatro de la mañana. Pero a esa
misma hora, Antonino llevaba al Comandante la proclama más
enérgica que ha parido cerebro revolucionario.

---

66   *Hecho una lumbre*: (metáf.) irritado, en plena agitación o enojo.

– IX –

Contribuciones

D ía llegará, si el lector y yo seguimos nuestras respectivas tareas adelante, en que pueda y deba contarle, cómo Sabás Carrasco llegó a estar sometido a mi férula[67] y esperanzado en mi *buena disposición* hacia él, como hoy se dice. Sepa, mientras tanto, que llegó esa vez, corriendo los años, y que hasta entonces pude averiguar por qué se me ofreció la Secretaría que aquel desempeñaba tan a gusto y sabor del ínclito[68] Coderas. Y como no hay para qué mantener al lector en duda y desasosiego, refiérole en este capítulo nono[69], lo que el susodicho Carrasco me contó, aunque haciéndole gracia de ociosos pormenores.

La noche aquella en que tropecé con el caballo de Soria, acababa éste de llegar del Roblar, llamado por el Jefe político, y trataban de lo que debiera hacerse en San Martín los dos ya nombrados y Cañas, contándose además como necesario asistente, el fidelísimo Carrasco, por si algo se ofreciera digno de estamparse en letra redonda y clara. Allí quien lo valía era el astuto síndico; y con su maligno ingenio, propuso

---

67   *Sometido a la férula*: (metáf.) sometido a alguien. Por la férula o palmeta, instrumento que en las escuelas servía para castigar a los niños pegándoles en las manos.
68   *Inclito*: ilustre, esclarecido, afamado.
69   *Nono*: nueve.

que se obligara a Don Mateo a precipitar las cosas, calculando acertadamente que más valía empujarle inmediatamente a una bola no preparada, que no esperar a que él se levantara en armas cuando estuviese apercibido para ello y en perfecta relación con el general Baraja, y el Lic. Pérez Gavilán.

Por de contado que se aceptó la idea de Cañas, y se le exigió desde luego que expusiera los medios de precipitar a Don Mateo. El síndico no se hizo esperar ni siquiera el tiempo preciso para encender su cigarro, y abordando la explicación con finura, para no lastimar a Soria, le recordó que el Comandante Cabezudo le había arrebatado a su hija, y propuso que al día siguiente, aprovechando el primer momento en que Remedios estuviese sola en la casa, la arrancase de allí por fuerza y la condujese a cualquiera otra del pueblo. De fijo que el terrible Don Mateo iría por ella, pero la Jefatura ampararía la posesión del padre, y como aquél en su cólera irreflexiva y ciega no respetaría a la autoridad, habría motivo para aprehenderle. Esto último no se conseguiría, sin duda; pero Don Mateo tendría que huir de San Martín y ponerse en armas.

Habíase convenido en ello por unanimidad de votos, cuando tuve yo la desgraciada ocurrencia de asustar al caballo. Carrasco saltó precipitadamente y no obstante la resistencia que el mismo animal opuso, abrió la puerta y llegó hasta la esquina, desde donde vio el hilo de luz que se pintó en el suelo de la calle partiendo de la entreabierta ventana de Remedios. Vuelto a la Junta explicó lo ocurrido, y Soria dijo con enojo:

—¡Me carga ese títere!

—Pues puede vd. quitárselo de delante –indicó Cañas. Y desenvolvió su idea, manifestando que Coderas podía llamarme a la Secretaría de la Jefatura, empleo que yo no aceptaría, y que obligado a ello o a sufrir las vejaciones consiguientes, tendría que abrazar la causa revolucionaria, saliendo de San Martín.

—Mientras tanto –concluyó–, casa vd. a la niña, para que ni Don Mateo ni Juan tengan esperanzas de recuperarla.

Soberbio pareció a Soria el proyecto, y Coderas le ofreció arreglarlo todo del mejor modo imaginable. ¡Y mucho de lo urdido para el día siguiente se realizó como el bribón síndico lo calculara!

Pero haga cuenta el que lee, de que yo en el rancho de la Guayaba estaba ignorante de aquel inicuo[70] enredo, y de que Coderas, comenzando por farsas, llegó a las veras en esto de verme como enemigo del Gobierno y personal suyo, y de recibir mi negativa como el mayor desacato que hombre en el mundo hubiese cometido a su respetable autoridad.

Tranquilo ya, en cuanto era posible, respecto de la suerte de mi madre y a la de Remedios, pasé un día más en el rancho, aunque sin humor bastante para agasajar a Doña Sabina, ni para leer un solo capítulo del Judío Errante[71], que la señora pusiera bondadosamente a mi disposición por orden de Don Justo. Los gritos de Don Agustín me ensordecían sin distraerme ni encadenar un momento mi atención, y la desmedrada figura de Dona Bernardita no sé por qué dio en causarme aversión y repugnancia.

Al caer la noche, Don Justo, de mal talante otra vez, me entregó una carta de Don Mateo. En cuatro palotes me decía el Jefe de la bola que le mandara inmediatamente un borrador para poner una circular a los presidentes municipales, pidiéndoles gente, armas, caballos y dinero. En un *aumento* calzado con el *vale* correspondiente, me participaba que su fuerza llegaba ya a trescientos hombres.

—¿Lo ve vd., hombre, lo ve vd.? –me decía Don Justo a punto de llorar de ira y desesperación, enseñándome muchos borrones que le dirigía el Comandante–. ¡Que yo le mande mis armas! ¡Que por ser yo su amigo no me pide dinero! ¡Que el interés de la revolución y los derechos del pueblo! ¿Y qué me importa a mi todo eso? ¿Y qué armas tengo yo?

El viejo se paseó en el cuartucho aquel con descompuesta andadura, mientras yo, avergonzado del primer avance de la bola, me mordía los labios y bajaba la cabeza.

—Cálmate, Justo –dijo entrando Doña Sabina–; cálmate y reflexiona. No te dejes llevar de tu genio arrebatado, que no están los tiempos para eso. Contéstale que no tienes ni un alfiler, y santas Pascuas.

—Sí, señor, ni un alfiler hay en casa –chilló Doña Bernardita desde afuera y acercándose a la habitación.

—Exacto –gritó Don Agustín, que llegaba también.

---

70   *Inicuo*: contrario a la equidad, no equitativo.
71   *El Judío Errante*: probablemente se refiera a la novela del escritor y folletinista francés Eugenio Sue (1804-1857) de gran popularidad durante el siglo diecinueve.

Y parecía que desconfiando de mí, trataban de persuadirme.

—¡Qué alfiler ni qué demonio –dijo el del arrebatado genio–; si aquí las nombra Don Mateo una por una con todos sus pelos y señales. Aquí está: «su escopeta de vd., el machete de mi compadre Agustín, y la pistola de dos cañones que me enseñó vd. el año pasado»...

Con esto no hubo de pronto réplica: estaban cogidos. Pero luego se armó el tumulto contra el hermano mayor.

—¡Y para qué la enseñaste!

—¡Qué necesidad había!

—¡No tienes juicio!

—¡Tú tienes la culpa!

—¡Pues no le mando nada! ¿Estamos? Pues nada le mando –repitió Don Justo en el colmo de la ira–. ¿Había yo de saber? Pero no le daré la pistola ni mi escopeta, ¡y haga lo que se le antoje!

—No, hijo; eso ya es distinto –dijo Doña Sabina–; hay que llevar las cosas como se debe.

—Por supuesto...

—Nadie dice tanto.

Y se calmó la borrasca; y escopeta, machete y pistola, enjutas[72] y bien acondicionadas, fueron remitidas al Comandante, juntamente con el borrador que yo formulé; el cual, como escrito sobre el rescoldo de aquel disgusto de familia, resultó flojo, débil y sin el nervio que caracterizó siempre mi pluma de bolista.

Sobre igual patrón estuvieron calcados los subsiguientes días; y en nada se diferenciaran de aquel, si mi impaciencia y desazón no fueran en notable creciente, hasta el grado y punto de sacarme de mis casillas por completo. Cada día un correo, cada correo una carta, y con cada carta el encargo de un borrador o varios de todos aquellos escritos importantes que Don Mateo no quería confiar ni a su escribiente provisional ni aun a su propia pluma.

Extraña conducta la de aquel hombre que, necesitando de mi ayuda, me obligaba, no obstante a permanecer en la Guayaba, defraudando al pueblo oprimido el auxilio de mi fuerte brazo, y a su empresa la cooperación de mi talento. Yo no me explicaba esto, y cada noche trataba de obtener mayores datos, conversando con Antonino, antes de regresar éste al *campamento;* pero todo era inútil, dado que el mozo pe-

---

72   *Enjutas*: secas.

dreño ignoraba los motivos de mi arresto en el rancho.

Él me enteraba, por orden del Jefe, de las noticias que de la revolución en general se recibían, de los movimientos del mismo Comandante, de los elementos de ambos contendientes, y de todo lo demás que me importaba saber; amén de ciertas preguntillas que yo hacía a Antonino muy en lo particular, recomendándole tomase informes del escribiente, las cuales se referían a Remedios. Supe que continuaba en San Bonifacio, a donde todos los días iba otro correo; vivía allí llena de zozobras y sobresalto, y escribía a su tío cartas muy cariñosas, diciéndole que mejor quería estar en el campamento, pues en la hacienda tenía mucho miedo.

El Comandante y sus fuerzas no estaban dos días en el mismo lugar. Comenzaron por fijarse en la ranchería del Oriente, pero al segundo día, en virtud de haberse movido Coderas con cien hombres a orillas de San Martín, el irresoluto y caviloso Jefe de la bola trasladó el Campamento al norte del pueblo y como a dos leguas de distancia. Coderas volvió a meterse en el pueblo, juzgando este paso muy estratégico, y entonces Don Mateo, para confundirle y desorientarle, pasó de un brinco al otro lado del río de los Venados, colocándose al sur de San Martín.

Este último movimiento dejaba libre el paso por el noroeste; es decir, el camino de San Bonifacio; y como para mí la defensa de este lugar era la única estrategia admisible e importante, sentí, al saber tal noticia, que el mundo me rodaba por encima de la cabeza, y mandé al diablo las órdenes y los borradores de Don Mateo.

Eran las siete de la noche cuando tal disparate se me refirió; apenas consideré un momento, sus consecuencias me eché al patio en busca de mi caballo, siempre ensillado y listo.

Don Justo azorado y descompuesto quiso detenerme.

—No acato ya –le dije rabioso–, la orden caprichosa de Don Mateo.

—¡Y a mí que me importa! –me contestó agarrándome por un brazo–; ¡mire vd. esto, mire vd.! Ahora son los otros; ahora es Coderas que me exige cincuenta y cinco pesos que me corresponden del préstamo, y me pide además dos caballos y mis armas.

Don Agustín y Bernardita llegaron apresurados.

—¡Enciérrese vd. con su correo, que allí está la escolta de Coderas!

–dijo el primero, haciendo grandes esfuerzos por no gritar.

—¡Escóndase vd.!

—¡Tengo que irme! –dije sofocado por sus empujones.

—¡Éntrese imprudente!

—¡No nos comprometa!

Empujé a Doña Bernardita, como punto más débil del enemigo, y pasando de un salto casi sobre ella, me escapé ágilmente; monté, arrebatando de paso la carabina de Antonino del arzón de su silla, y partí a galope, sin reparar en que el ruido de la carrera podría comprometer al mozo y a los buenos y excelentes Llamas.

Parecíame oír que otro jinete me seguía, y soltando la rienda al bayo [73] del Comandante, me interné en el bosque por el primer callejón con que topé y atravesé el río por buen vado.

El jinete sin detenerse continuó río abajo, ras con ras del bosque, y así pude entender que era Antonino que huía temeroso de ser sorprendido por la escolta.

---

73   *Bayo*: de pelaje color blanco amarillento.

– X –

En San Bonifacio

Corrí a campo travieso, como buen conocedor del terreno, pues en esto podía dar dos cuerpos de ventaja al ranchero más expedito y práctico. Ya cruzaba una llanura; ya me internaba en un bosque cerrado y oscuro, sin perder el angosto callejón que elegía entre varios; ya ladeaba una loma aprovechando algún paso estrecho pero breve; y corría sin cesar, excusando[74] este rancho y apartándome de aquella hacienda, en que pudiera haber alguna escolta semejante a la que invadiera el rancho de los Llamas.

La escasa luz de las estrellas no servía sino para fingirme precipicios, hombres y troncos que no existían; y yo, inclinado sobre el pescuezo del animal, atento al terreno que recorría, no tenía tiempo de reflexionar sobre el paso que daba. Pero aun cuándo fuera de otro modo, y sobre calma para meditar tuviera a todos los Llamas por consejeros, así desistiera de mi propósito, como echarme de cabeza en el primer barranco del camino.

Al cabo de una hora, diome a entender el caballo que no tenía cos-

---

74 *Excusar*: evitar.

tumbre de galopar tanto a tales horas, por entre breñales[75] y en terreno fragoso, y aunque muy a mi pesar, hube de contentarme con un trote largo y sostenido. Sin embargo, debí de andar bastante a prisa, puesto que no eran todavía las once cuando me acercaba a los jacales de San Bonifacio y veía surgir entre ellos la mole ingente de la casa del *amo,* destacándose irregular y negra sobre el fondo plomizo de las lomas que tenía a la espalda.

Dos o tres mulos y potros se levantaron azorados al ruido de mi marcha, echándose fuera del camino; ladró un perro, en seguida todos los de la hacienda, que no eran pocos, alzaron en coro un ladrido furioso, agrupándose junto a los jacales y atacando algunos por detrás a mi cabalgadura. Bastó este vigilante retén para dar a los tres pedreños que dormían en el corredor la voz de alarma, y no bien hube llegado a la casa, cuando aquéllos me rodearon, alentados por su numérica superioridad.

—¡Quién vive!

—¿Quién es vd.?

—¡Eche pie a tierra!

—Soy yo, tío Lucas –contesté al Jefe–; no se asuste vd.

—¡Ah, Don Juanito! ¡Si es Don Juanito! ¡Pues qué me había de asustar!

Entramos al corredor, y tranquilo un tanto con la presencia de aquellos hombres y sus escopetas, me senté en un banco.

—No es que me asuste, Don Juanito –insistió el viejo–; sino que tenemos que andar con mucho cuidao. Ya sabe vd. que el señor Comandante se pasó al otro lado del río, porque así conviene pa pegarles a los del gobierno que se metieron en San Martín.

—Sí, ya lo sé.

—Pos ya sabrá entonces que a cualquier hora se nos encaja aquí su papá de la niña pa llevársela.

—Así lo temo.

—Pos ya verá que eso sí no lo hemos de dejar; pero la niña tiene mucho miedo de que se la lleven, y también nos dice que cuidao vamos a matar a su papá, y que mejor que se la lleve y no que lo matemos.

—Tiene razón; dije yo con dolor.

—Pero ahí verá, Don Juanito, que si Don Camilo viene, no ha de

---

75   *Breñales*: o breñas, tierra quebrada entre peñas y poblada de malezas.

entrar pidiéndonos la licencia. Y vd. considere que el Sr. Comandante mi compadre me dijo: «Compadre, cuidao con Remedios; primero que lo maten que soltarla, y si va Don Camilo a la hacienda, *dele agua*». Pos la verdá, Don Juanito, que si viene le doy agua.[76]

—No, hombre –dije yo apresuradamente–; ya veremos lo que se hace, que para eso vengo.

—Entonces mire que hacemos, porque ora viene Don Camilo.

—¡Cómo ahora!

—Sí, Don Juanito, ora mismo. Se lo digo porque el mozo que mandó mi señor compadre vio en Santa Ana al Manco con otros, y ya sabe vd. que el Manco no se despega de Don Camilo. Esos se esperaron allí a que fuera de noche, y como no hay más que cinco leguas, ya han de estar por aquí cerca esperando que nos coja el sueño.

—¡Y se está vd. quieto, hombre! ¿En dónde duerme la niña?

Corrí a la ventana y llamó suavemente. La nerviosa joven no tardó en contestar; conoció mi voz y un momento después se abría la puerta de la casa, rechinando los enmohecidos goznes.

—Juan –me dijo dejándose estrechar suavemente en mis brazos–: ¡bendito sea Dios que te trae!

—¡Bendito sea! –contesté con ardor.

—¿Qué te hace venir?

—Tú; el corazón que me anuncia tus peligros para que corra a defenderte.

—¿Me amenaza alguno? Tanto he sufrido que me parece que no los temo.

—¿Estás lista?

—¿Para qué?

—Para salir de aquí inmediatamente.

—¡Salir de aquí!

—Inmediatamente; no hay tiempo que perder.

La niña temblaba, su mano abandonada entre las mías se ponía cada vez más helada, En su mente vagaba una idea que no quería expresar, y yo me anticipé.

—No irás sola conmigo –le dije–; nos acompañarán tus tres guardianes; pero es preciso ponernos en marcha pronto.

—¿Sí? –dijo a mi espalda el tío Lucas–; y cómo se queda la ha-

---

76 *Le doy agua*: lo mato.

cienda pa que la hagan trizas esos? Váyase con la niña y déjenos a nosotros aquí.

—Es inútil quedarse, tío Lucas; vendrán muchos y acabarán con ustedes. Nos iremos todos.

—Eso sí; si vienen en montón nos tiramos al monte, y que nos cojan. Menos, aquí les damos; ya verá.

—Le digo a vd. que nos iremos todos –dije con impaciencia; y así será.

No sé qué iba a contestarme el viejo Lucas, cuando el ladrar de los perros cortó aquella escena, helando la sangre en mi cuerpo.

—¡Quién vive! –gritó el viejo.

Y la respuesta fue una detonación de fusiles. Remedios dio un grito y huyó al fondo del cuarto con su fiel Pepa. Salté yo al corredor y de allí al sitio en que quedara mi caballo atado, a tiempo que los pedreños descargaban las escopetas sobre los asaltantes casi a quema ropa. En tan crítico momento no había medio de cargar de nuevo las armas, y los tres valientes guardianes de Remedios apelaron a los machetes de trabajo, convertidos entonces en armas guerreras.

Montado ya, y carabina en mano oí la voz de Lucas que gritaba:

—¡Al del tordillo! [77]

Comprendí que aquel era Soria, y echándome a la cara la carabina, apunté al jinete; pero la imagen de Remedios se presentó en mi mente y bajé la puntería al hacer fuego. El caballo se encabritó y dio consigo y con el jinete en tierra, lanzando éste grosera interjección. No vi más, sino que los tres pedreños se arrojaron sobre el caído, a quien acudieron los suyos. Entré a caballo en la casa y al mismo tiempo se refugiaron en ella el tío Lucas y uno de sus hombres, cerrando la puerta y cargándose sobre ella. En medio de la oscuridad, sin hablar una palabra, aquellos leales servidores me comprendían; con ayuda de Pepa puse a Remedios a la grupa y salí, atravesando el patio por la puerta del campo.

—¡Sujétate bien! –dije a Remedios, y la niña, embargada la voz por la sorpresa del susto, me apretaba nerviosamente entre sus brazos.

Los perros de los jacales que por aquel lado había, me ladraron con verdadera rabia; pero como al ruido de los tiros, el alboroto de la hacienda era general, no podían denunciar mi fuga. Mas los asaltantes conocían la casa y debieron de suponer que la presa podía escapar por la

---

77 *Tordillo*: pelaje equino gris oscuro matizado de blanco.

parte de las lomas, pues aún no había dejado atrás los últimos jacales, andando al trote por desconfianza del piso, cuando oí el grito de varios hombres que, corriendo en mi seguimiento, me mandaban hacer alto. Solté la rienda al bruto, le oprimí los ijares con dureza, y al lanzarnos a escape por entre los árboles y malezas del campo, oí la última detonación y el silbar de las balas que pasaron sobre mi cabeza a corta distancia. El único caballo de los asaltantes había caído al disparo de mi carabina; no había de pronto quien pudiera perseguirme; pero muy luego Soria se enteraría si estaba vivo, del fracaso de su empresa, y en la hacienda era cosa fácil y de poco tiempo montar cuatro hombres y echar por los campos en mi busca. Así lo pensé y mis temores me aguijoneaban para alejarme con rapidez de San Bonifacio; el caballo no debilitaba su energía, no obstante la doble carga que oprimía su lomo, y quizá cometiera yo el error de agotar su brío y entereza, no dándole momento de reposo, si no fuera que sentí que los brazos de Remedios comenzando por apretarme con menos fuerza, acabaron por aflojarse completamente, de suerte que la niña habría dado en tierra si no acudiera con mi brazo derecho a sujetarla vigorosamente.

Supuse desde luego que su organismo cedía a la espantosa lucha de la niña contra su propia debilidad y temor. Contuve al sofocado animal, y gracias a mi bien desarrollada fuerza, tomándola por debajo de los brazos, la pasé al arzón delantero, oprimiéndola dulcemente en los míos. Y allí primera vez, en medio de la noche más azarosa y terrible de mi vida, sintiendo el amor más grande y la más tierna compasión por aquella desgraciada niña, puse sobre su frente mis labios y la di un beso que no oyeron ni los insectos del campo. Ni una sombra de impureza empañó la limpidez de mi alma honrada, y sentí en lo más íntimo el recogimiento misterioso y dulce del creyente que murmura fervorosa oración.

Eché a andar con paso más moderado, fiando en que la frescura de la noche sería bastante a volver a Remedios de su desmayo. De repente sentí discurrir por todo mi cuerpo un escalofrío horrible, y terror y espanto se apoderaron de mí: el hombro izquierdo de la niña estaba mojado, y mirándome la mano a la escasa luz de las estrellas me pareció que tenía sangre.

Una descarga a quema ropa no me habría causado más susto. Palpé con agitación todo su cuerpo y me parecía que todo él estaba empapado.

—¡Remedios! –grité olvidado del peligro actual–. ¡Remedios!

Y mi voz se perdió en la ancha llanura solitaria.

Lancé de nuevo el caballo a galope, saltando las malezas y las zanjas hechas por las corrientes, maldiciendo la pesadez del bruto que me parecía no moverse del mismo lugar. Entré al fin en el bosque, llegué al arroyo que buscaba, y con un vigor que nunca supuse en mis músculos, sostuve a la joven en mi brazo izquierdo, mientras pude echarme a tierra. Tendila en la arena de la orilla, y con movimiento rápido, rasgué de un tirón la manga izquierda, dejando descubierto el hombro redondo y turgente. La herida estaba allí, y su poca importancia, cuando me persuadí de que era la única, me volvió a la vida. El agua del arroyo fue la medicina, y jamás cirujano en el mundo ha hecho curación más suave y dulce. Mi pañuelo sirvió para vendar la herida.

Remedios al volver de su desmayo continuaba sobre la arena; puesta una rodilla en tierra, sostenía yo sobre la otra el hombro sano de la joven, mientras su cabeza quedaba blandamente apoyada entre mi pecho y uno de mis brazos. Quizá sin el completo recuerdo de su azarosa situación del momento, hizo un movimiento suave, como de niño que, despertando a medias en el regazo de la madre, busca inconscientemente más calor y más halago.

Le hablé con dulzura, calmé su nueva agitación y sobresalto con las palabras más cariñosas que encontré en el lenguaje de mi amor, y la tranquilicé cuando sintiendo el dolor comprendió que estaba herida. Mirose súbito el hombro y encontrole descubierto; no podía tener una palabra de reproche para mí por aquel justificado atrevimiento; pero llevó violentamente la mano como para cubrir la belleza revelada. Adiviné en su semblante el fuego del rubor que no podía ver, y ruborizado a mi vez, como niño sorprendido en la falta, volví el rostro, arranqué de la silla mi manta, y sin decir una palabra la eché sobre los hombros de Remedios. ¡Pero la imagen viva de aquel bellísimo que había visto y tocado, aparecía en mi mente resaltando iluminada sobre un fondo oscuro, a pesar de que enérgicamente la desechaba, como ofensa a la niña, el escrúpulo de mi infantil pureza!

Ni una palabra nos dijimos; púsela sobre la silla, salté a la grupa, y haciéndola apoyarse sobre mi pecho, cruzamos el arroyo y tomamos el rumbo de San Martín. El peligro hacía poca mella en mi corazón, y mucha el contacto de aquella joven, a cuyo influjo había despertado mi alma del sueño del niño. Creo que soñaba yo en aquel momento, y me parecía que Remedios dormía dulcemente en mis brazos, en el fondo tibio de la alcoba nupcial...

Al salir de una llanura elevada, noté que sobre el campo se extendía un extraño reflejo de luz rojiza; volví atrás la cabeza y allá a lo lejos vi una pequeña llama agitada por el viento. ¡Todo lo comprendí! La casa de San Bonifacio ardía hasta los cimientos, en desquite de añejos agravios y de la evasión de Remedios.

La indignación, el horror y la vergüenza se apoderaron de mí, no sé quién con mayor imperio, y una voz sombría, dura y severa que algunas veces he oído en mi vida, y que creo es la de mi conciencia, parecía gritarme al oído:

—¡Es la bola! ¡Es la bola!

– XI –

El campamento

Dos leguas antes de San Martín, comprendiendo que el peligro crecía con cada uno de los pasos ya cansados de la cabalgadura, traté de describir alrededor del pueblo un círculo con aquel radio. Excuso pormenores fatigosos para el lector, y aun para mí, que siento al referirlos como que se reproducen, torturando mi corazón y agotando otra vez su entereza. Sustos que me hacen temblar en cada bosque; ansiedad desesperada por llegar a un rancho conocido y de confianza, abatimiento al hallarlo abandonado de los tímidos labriegos que han huido, o de los partidarios que han abrazado una u otra causa sin saber ni averiguar por qué. A esto se redujo para mí aquella noche, por donde colegí lo que sería para mi pobre niña, trémula[78] y llena de horror por las escenas pasadas.

Levantose el sol, dorando los hermosos campos de aquellas fecundas tierras, y me pareció pálido y triste. Remedios, cerrados los ojos, seguía muda y como refugiada en la resignación sombría que había aprendido durante su niñez.

---

78   *Trémula*: temblorosa.

Al fin hube de encontrar en rancho conocido a una mujer. Su marido y su hijo estaban en el campamento de Don Mateo; su hija en el campo, haciendo en lo posible el trabajo de los ausentes. Tomó Remedios algún tosco alimento a instancias mías, y reparé yo un tanto las fuerzas abatidas. Quisiera la temerosa joven continuar en seguida la marcha, pero yo no lo consentí, y obligándola a descansar algunas horas en que un sueño agitado y nervioso se apoderó de ella, ocupeme yo de dar pienso [79] al pobre animal, que me parecía estar de acuerdo conmigo para salvar a todo trance a la pobre niña.

El rodeo era prolongado para evitar acercarme a San Martín, y juzgué a propósito [80] llegar de noche al campamento para no exponer a Remedios a las miradas y hablillas de la gente del Comandante. Con este fin, volví a detenerme más tarde en otra casa conocida y apartada de los caminos vecinales, en donde esperé las sombras de la tarde para concluir mi penosa peregrinación. La gente del rancho era conocida mía y adicta a Don Mateo, y poco trabajo me costó que una pobre mujer nos acompañase para evitar todo comentario.

Obra de [81] las ocho de la noche, y previos los reconocimientos militares del caso, entregaba yo a Remedios en manos de su tío, quien la recibía con la ternura que siempre se desbordaba de su rudo corazón, cuando de la joven se trataba; y después, cuando oyó de mi boca el relato de la terrible aventura, con sus azarosos pormenores, cuando supo el incendio de su casa, y cuando vio en fin para colmo de su ira, la ligera herida de Remedios, su rabia no reconoció freno, ni su lengua respetos.

—¡Bandidos! ¡Ladrones! –gritaba abrazando a Remedios como tigre que defiende sus cachorros–, ¿quieren quemar? Pues quemen, que yo haré lo mismo en el Roblar, y en otras muchas partes. ¡Canasto! Ya verán quién soy yo. Que me cuelguen si pueden: pero que no me toquen a ésta, porque entonces acabo yo con la raza de todos ellos.

La miraba y remiraba como si aún no se persuadiera de que estaba en salvo, y luego acariciándole con mimo las mejillas añadía:

—¿Te duele el hombro? ¡Pobrecita! ¡Tú herida cuando eres una paloma que a nadie hace daño!... ¡Canasto! ¡Que yo los coja! ¿Te duele el hombro mi vida?... ¡Bandidos, cobardes!... Luego que cenes te acostarás a dormir; te daré mi catre que está muy fresco...

---

79   *Pienso*: porción de alimento (pasto, grano) que se da a los animales de trabajo.
80   *A propósito*: aquí con el sentido de "adecuado".
81   *Obra de*: modo adverbial para significar una cantidad aproximada, cuando no se puede precisar exactamente.

Y aquella fiera era una madre, ya que no puedo decir más.

Luego, aparte, me dijo en voz baja, temiendo agitar a Remedios.

—¿Y mi compadre Lucas y sus compañeros? ¿Y Pepa?

—Nada sé –respondí.

—Quién sabe cómo les haya ido –murmuró preocupado.

Se prodigaron cuidados a la joven y el curandero del ejército de San Martín declaró que aquella herida de refilón no valía la pena de alarmar al Sr. Teniente Coronel.

—¡Teniente Coronel! –dije yo imprudentemente.

—Sí –me contestó Don Mateo con sequedad.

Y en efecto, antes de salir de la casuca que ocupaba el Jefe, vi sobre un cajón vacío, que hacía de mesa, un ejemplar, impreso ya, de la proclama aquella, que comenzaba así:

«El C. Teniente Coronel Mateo Cabezudo, Comandante militar del Distrito, etc., etc.»

Yo no había escrito semejante título; pero Don Mateo había tenido a bien ascender, y era bastante.

Noté que el Jefe no me daba las gracias por mi hazaña, y bien que yo no lo necesitaba, esta omisión me significaba que no veía con buenos ojos que hubiera llevado a Remedios en mis brazos tan largas horas. Aún creí notar en él cierto disgusto que no podía estallar, pero que era excusado combatir. Efecto natural de sus celos singulares.

A pesar de todo, me indicó que al día siguiente enviaría a su sobrina a lugar seguro, cuidada por buena y bien armada escolta.

Bajo la ancha enramada que se apoyaba en el jacal aquel, se tendían los jefes subordinados a Don Mateo, mientras los soldados y sus oficiales ocupaban los lugares guarecidos por los árboles, la orilla del corral del ganado, u otros sitios semejantes.

Yo era acreedor a ciertas distinciones, por parte de los jefes, y alguno me cedió su lugar en la enramada bajo la cual me rendí al sueño de que tanto había menester. Ni cuidados ni recuerdos pudieron mantenerme en vela, no obstante que unos y otros acudieron en tropel a mi mente. Dormí con profundo sueño, sin pesadillas, sin sobresaltos, como se duerme en el hogar para despertar al alba y entregarse al trabajo honrado que alimenta a la familia.

Probé así unas cinco horas de descanso, pues aún no había amanecido cuando desperté al ruido de la alarma que cundía en el campamento.

—El enemigo se mueve sobre nosotros –me dijo un jefe–. El Teniente Coronel ha recibido noticias de San Martín, y el mismo correo ha visto los preparativos; dentro de un rato le tenemos al frente.

Un ligero escalofrío recorrió mis miembros, y sentí que sin poderlo remediar palidecía.

—¡Remedios! –pensé acongojado.

Busqué al cabecilla y me encaré con él.

Brillaban con fulgor siniestro sus taimados ojos, y el fruncido ceño daba cuenta de su agitación interior.

—Ahora sí –me dijo–; ahora sí les presentaremos acción. Tengo cerca de quinientos hombres, y más de doscientos con armas de fuego. Ellos, cuando más, llegan a trescientos, gracias a que han ido a sacarse toda la gente de los pueblos vecinos, y a que han armado a sus mozos y terrazgueros por fuerza. ¡Canasto! Si éstos me pegaran a mí me dejaría yo cortar la lengua. Ya verán, ya verán ¡Canasto! Tengo ganas de verlos asomar en el llano.

—Sí, señor –le dije–, tiene vd. razón; pero es preciso sacar a la niña de aquí.

—Ya lo sé –me contestó de mal talante–; no es necesario que me lo diga.

Me mordí los labios; porque confieso que aunque no sentía un miedo formal de verme en el caso de batirme, abrigaba la esperanza de ser yo el encargado de custodiar a Remedios, y de permanecer a su lado. Me retiré de la presencia del cabecilla, y caviloso e inquieto fui a confundirme con jefes, oficiales y soldados, que en aquel momento formaban una verdadera bola sin orden ni indicios de alcanzarlo jamás.

—Vd. se irá con la niña –me dijo Pedro Martín.

—No, respondí; me quedo con vds.

—¡Pues quién ha de ir con ella! –repuso–. Ninguno la ha de cuidar como vd. que es gente de educación.

—El Sr. Teniente Coronel no quiere que yo vaya –repliqué sin contenerme.

—¡Bonito! Pues yo le diré que lo mande a vd. ¡También mi compadre tiene unas cosas!

—No; no le diga vd. nada.

—Eso será otra cosa. También tiene vd. razón si quiere ir a San Martín con nosotros y pegarles a estos bandidos por lo que le han hecho a su mamá.

—¡A mi madre! —exclamé sobresaltado.

—¿Pues todavía no lo sabe? ¡Qué demontre! Pues al fin lo ha de saber... Mi compadre no quería que viniera vd. de la Guayaba para que no se lo dijeran.

—¡Qué le han hecho! —pregunté impaciente y con agitación—. ¡Hable vd. pronto!

—Pues como vd. se salió del pueblo, el Jefe político se desquitó y la metió en la cárcel.

¡Todavía lo siento en mi alma de viejo como lo sentí aquel día! No; ni mi tosca pluma ni la más bien cortada pueden pintarlo; que hay sentimientos en el alma que no han encontrado aún palabras para explicarse en idioma humano alguno. Algo que todavía expresan con frialdad los vocablos ira, dolor y encono, se confundieron en mi corazón sacudiéndole en convulsiones terribles; todo lo malo que existe latente en el hombre honrado se levantó en mi alma, sofocando a todo lo bueno, y uniose sólo a mi amor de hijo, como para convertirme por este último atributo en la bestia más feroz de todas las bestias.

No sé lo que dije ni recuerdo lo que hice, ni quiero tampoco recordarlo; sólo sé que momentos después, cuando Don Mateo, persuadido de que no tenía otro a quien confiarle el sagrado depósito, me llamó para que encabezara la escolta de Remedios; me negué a acompañarla, renunciando lo que antes era mi mayor deseo. Insistió el Teniente Coronel con cierta aspereza y a pesar de su celosa manía, tomando quizá el tono de jefe militar, y hube de prorrumpir al cabo en la declaración de mis propósitos.

¿Marchar con Remedios? ¿Abandonar el campamento en la proximidad de un encuentro con el enemigo? No, señor; yo quería batirme, matar mucha gente, ahorcar a Coderas, fusilar a Cañas, y entrar en San Martín a fuego y sangre.

Pasmado se quedó el ancho y anguloso cabecilla cuando tales tempestades oyó en mi boca; pero comprendió lo que las producía, y con su tono airado de costumbre lanzó cuatro o seis *voquibles*[82] de esos que

---

82 *Voquible*: vocablo (humorísticamente) aquí: malas palabras.

no son para verso en tipos de imprenta y de que es tan espléndidamente rico nuestro infame *caló*. [83]

—¡Canasto! –dijo al terminar–; he mandado que nadie diga eso, y algún bruto de estos me desobedece; pues sepan y entiendan que yo no soy un mico, y que a otra que me hagan cuelgo a cualquiera.

Y paseaba su terrible mirada sobra el campamento estremecido.

A pesar de todo no pudo convencerme; ardía mi sangre y no estaba mi cerebro capaz de ningún razonable discurso. Y cuando en estos dimes y diretes nos hallábamos más metidos y empeñados, cayó como bomba en el campo esta frase temerosa de bola, que produce en todos los cuerpos escalofrío y malestar:

—¡Ahí están!

La avanzada hizo una descarga en aquel mismo instante, y la tropa que comenzaba a ordenarse se volvió toda bola y remolino.

Don Mateo, que tenía ciertos méritos y condiciones de cabecilla ordenó con una palabra la salida de Remedios, encomendando su custodia a dos mujeres, un ahijado suyo y cinco hombres; y mientras tal orden se ponía por obra, montado en el retinto cabos negros [84], el jefe corría por uno y otro lado, organizando aquella desordenada gente, la cual más que a la voz del Teniente solía obedecer a los cintarazos de su reluciente espada.

Yo no pensé en Remedios y a fuer [85] de bolista me coloqué en el sitio en que me dio la gana.

---

83   *Caló*: lenguaje peculiar de un grupo o pueblo, como la que hablan los gitanos.
84   *Retinto cabos negros*: caballo de pelaje negro con crines y cola negros también.
85   *A fuer de*: giro que significa "como" (*fuer* apócope de *fuero*, privilegio).

– XII –

La acción

Teníamos ya a Coderas encima con menor número de fuerza, mejor armada, pero en verdad no con mucha más disciplina. Apareció al extremo de la llanura, resuelto, empujando a su tropa a paso regular, y manifestando en la distribución de aquella, que si le era desconocida la estrategia, no estaba reñido con la prudencia ni con el buen sentido.

Don Mateo, por su parte hizo avanzar un remolino de hombres hasta colocarle detrás del corral; mandó a Pedro Martín por la izquierda con otro grupo, y cargó él en persona con el resto por el lado derecho. Era hombre que no conocía el miedo, y era esta su única cualidad; la cual han dado en decir los grandes estratégicos que es la menos necesaria para vencer.

Yo fui de los suyos. Alguien me había armado de un machete, pues por mi parte no había cuidado de buscar armas, teniendo las de mi ira, que me parecían sobradas.

Rompiéronse los fuegos por una y otra parte, siempre con más orden por la de Coderas, quien a cierta distancia detuvo su tropa y prefirió ser acometido. No se hizo esperar Don Mateo, y haciendo uso de la táctica que después le dio notoriedad y fama, cerró los ojos, nos dirigió algunos gritos propios del caso y de su lengua, y avanzó, empujándonos como empuja un torrente despeñado los troncos que la creciente arrebata de la orilla.

No necesitaba yo que me animara el jefe, y puedo decir que en aquel momento no tenía él más valor que yo. Sólo una vez me detuve, cuando deseando matar, y encontrándome sin arma de fuego, vi caer a mi lado a un hombre cuya escopeta y municiones recogí. Después de esto, nadie pudo vanagloriarse de haberme aventajado un palmo de terreno.

Hubo un momento en que el fuego sobre nosotros fue vivo y sostenido y a quema ropa. Creo haber oído el choque de los machetes sobre los fusiles enemigos, maldiciones y gritos de dolor, voces de mando y exclamaciones de ira. Después me sentí arrastrado en otra dirección, a la vez que mil gritos groseros y silbidos agudos atronaban el espacio.

Habíamos sido rechazados hasta el corral, y el enemigo festejaba este primer triunfo. Cuando pude darme cuenta de aquel percance, vi a Don Mateo de un color amoratado, imposible para el acreditado pincel del dómine de San Martín; echaba chispas por los ojos y ternos dobles por la boca contra su cobarde gente que había retrocedido a lo mejor. No montaba ya el retinto, pues cayó el hermoso animal junto a las filas enemigas; sino un alazán[86] que no iba en zaga al difunto, ni en el paseo ni el brío... ¡Pero había de estar montado!

Cinco minutos le bastaron para dar cinco centenares de órdenes.

—¡Corre y dile a mi compadre Pedro, que se les meta recio por la barranquita!

—¡Que entre tío Perfecto derecho y que no afloje, para llamarle la atención al enemigo!

—¡A mi compadre, que los coja por el espinal![87] ¡Recanasto! ¡Corre pronto!

Y llegó el segundo encuentro, y no fuimos en él más felices, por más que tío Perfecto sacó su gente del parapeto del corral *y entró derecho,* según la orden recibida. El tío Perfecto retrocedió a la primera des-

---

86   *Alazán*: caballo de pelaje color rojo canela.
87   *Espinal*: monte de espinos.

carga, y mientras Pedro Martín rodeaba la barranca para apoderarse del espinal, la fuerza enemiga, cargó toda sobre nosotros con una furia tremenda, obligándonos en tres minutos a retroceder a nuestra primera posición.

Tomola en tanto el indio Pedro por la retaguardia, organizó en lo posible Don Mateo su tropa, alentado por el cambio repentino de posiciones, y al lanzarse de nuevo sobre Coderas, me gritó señalando el revuelto pelotón del tío Perfecto:

—¡Coja esa fuerza y métase de frente!

Loco de coraje y despecho, corrí a cumplir aquel mandato que tanto cuadraba a mi deseo: mas cuando me acerqué y dicté mis órdenes, el viejo tío me llamó mocoso y gallina, y mandó al diablo al Sr. Teniente Coronel con sus disposiciones.

Me arrojé sobre él presa de los instintos feroces que me dominaban; descarguele un golpe con el cañón del fusil, con ánimo de matarle, y cuando el viejo caía por tierra bañado en sangre, tomé su machete y empujé a la espantada tropa sobre el enemigo, vociferando palabras dignas de la boca de Don Mateo, que jamás había yo pronunciado.

Pero en aquel momento oí a mis espaldas ruido de voces afligidas que me hicieron volver la cabeza, y en un instante, como por inexplicable encanto, mis ideas extraviadas y mis desordenados sentimientos entraron de nuevo en el antiguo cauce. Remedios y su escolta corrían hacia donde yo estaba, y a cierta distancia, sin hacer fuego, los perseguían próximos a darles alcance hasta unos cincuenta hombres. Era Soria que, en virtud de plan estratégico con anticipación calculado llegaba por opuesto camino, y como Blücher [88], tarde, pero a tiempo para decidir la victoria. Cortó la retirada a su hija, la reconoció y quiso apoderarse de ella, pero Remedios arrastrada por su escolta corrió al lugar de la acción buscando amparo.

No hubo más remedio que abandonar a Don Mateo y volvernos sobre Soria. El choque fue rudo y espantoso; puesto que Soria era valiente y estaba rabioso, y yo no tenía conciencia de mi vida ni de la de nadie, si no era Remedios. Las armas de fuego callaron, cediendo el lugar a los machetes y las garrochas, o hablaban en lenguaje que no les era propio, convertidas en mazas. El ahijado de Don Mateo retiraba a Remedios de los lugares peligrosos, y yo en medio de la carnicería

---

[88] *Blücher*: Gebhard von Blücher (1742-1819), mariscal prusiano quien con el ataque de sus tropas al flanco derecho de Napoleón decidió el resultado de la batalla de Waterloo.

aquella, sólo pensaba en que combatiendo la defendía.

De súbito se acrecentaron el ruido, el desorden y la matanza, porque rechazado tercera vez Don Mateo, sus hombres desbandados y desoyendo la voz del jefe, en parte huyeron por el bosque y en parte se confundieron con mi gente.

Coderas cayó sobre nosotros para rematar la obra, y nuestra derrota fue completa. El mismo Cabezudo comenzó a retirarse, reuniendo los dispersos grupos que aún quedaban en pie; y yo con algunos hombres, luchaba aún defendiendo la casa en donde Remedios rezaba con el llanto en los ojos y el horror de aquellas escenas en el alma.

Soria se echó sobre la casa, siguiendo siempre en su feroz capricho, y mi gente incapaz ya de resistir, hizo una descarga inofensiva y huyó. Entré en la casa, empujé a Remedios hacia un rincón y la cubrí con mi cuerpo, blandiendo el machete con desesperación.

Soria y tres hombres más me siguieron; no podían hacerme fuego porque se exponían a herir a la hija de aquél; pero de súbito me acometieron a la vez, descargué machetazos ciegos, resistí un instante, y... no sé más.

– XIII –

En San Martín

No comprendía yo cómo estando ceñido de cuerdas todo el cuerpo y encerrado en tan oscuro cuarto, podía no obstante ver marchar a los soldados del Gobierno, que uno a uno pasaban delante de mí; pero el caso es que yo los veía, y oía sobre todo el golpe de sus gruesos zapatos sobre las piedras de la calle. Pasaba uno marchando a compás con precisión admirable, de máquina; se alejaba y cuando el ruido de sus tacones se debilitaba, otro le sucedía, siguiendo el mismo compás seguro y monótono. ¡Singular manera de entrar un ejército en plaza vencida!

Los soldados se sucedían sin interrupción, y aquello no tenía término posible; pero la calle estaba solitaria, y la gente curiosa no asomaba por puertas ni ventanas. En esto sonó una campana pausadamente: «Llaman a misa» me dije; pero no era así: después de tres golpes, la campana calló. Mucho espacio seguí viendo soldados y oyendo su fastidioso compás de marcha; al fin me dormí y no recuerdo más.

Desperté otra ocasión y quedé sorprendido de que me hubiesen aprisionado la cabeza en un tornillo, oprimiéndola sin lástima, de tal suerte que no la podía mover. Bien asegurada por tan rudo medio, un artista armado de cincel y martillo se empeñaba afanoso en perfeccionarme el parietal izquierdo, sacándome astillas de cráneo. El dolor que yo sentía era insufrible, y los golpes del martillo sobre el cincel tenían de particular que eran tan exactamente acompasados como la marcha de los soldados de marras. Caí en nueva confusión y no pude hablar para quejarme de crueldad semejante. Luego la misma campana sonó diez veces; pero no era ninguna de las de mi pueblo, cuyas voces me eran tan conocidas como las de las personas de mi casa. ¿Qué era aquello? Mi entorpecido cerebro no podía pensar, y sentía yo para sufrir la tortura a que estaba sujeto, cierta resignación, o mejor indiferencia, más propia de bestias que de hombres.

—Parece que despierta –dijo una voz femenil que me sonó muy agradablemente.

Y no sé lo que siguió después, porque en mi cabeza se formó un enredo que me es imposible recordar, y recordado no podría describir.

Creo que dormí otra vez. Al despertar por la tercera, abrí los ojos; y aunque no enteramente libre de las sombras que envolvían mis ideas, me di cuenta más cabal de mi situación. Un tic tac con aquel maldito compás de marcha me llamó la atención; busqué con los ojos, y vi sobre apolillada rinconera, un alto, serio y grave reloj de péndulo que producía su aburridor golpecillo, y daba las horas con esa formalidad y exactitud de los empleados viejos en oficina laboriosa.

Poco a poco fui despejándome y llamando mis recuerdos, hasta que logré, para mi mal, traer a la entorpecida memoria los sucesos del campamento, acaecidos yo no sabía cuándo. Pensé en Remedios, en la derrota, en Don Mateo, ¡en todo!...

Probé a moverme, pues aún no sabía si me faltaba una pierna o las dos; mas un golpe de martillo en el parietal izquierdo, me hizo comprender que por allí estaba el daño. Tenía yo realmente la cabeza en un tornillo; pero no de fierro, sino bajo la forma de una venda blanca. Al llevarme a ella la mano, otra blanda y tibia la detuvo.

—No te toques allí –me dijo una voz cariñosa.

Y en viendo la rosada carita de Felicia, me expliqué todo lo que era posible explicarme.

Estaba yo en la casa del Cura de San Martín, junto a la Iglesia, y aquella ventana tenía probablemente vista a la plaza. Pensé en mi madre, y cerré un momento los ojos para verla mejor en mi alma.

¿Y el Señor Cura? Estaba durmiendo la siesta, pues eran las dos de la tarde; pero no tardaría en levantarse, y había de ponerse muy contento cuando me encontrara tan despejado y fresco. ¡Oh! se había hecho todo lo posible para volverme a mis cinco sentidos; mas inútilmente. Bien dijo la curandera Doña Eufrasia que eso vendría poco a poco. Me habían lavado la cabeza con aguardiente y aplicado muchos lienzos de agua fría. El Sr. Cura tenía mucho empeño en que me sangraran; pero no había quien lo hiciera, puesto que el barbero era del Jefe político y no se podía hacer confianza de él.

Interrumpí a la verbosa niña para preguntarle quién me había llevado a su casa.

—Las mujeres –me dijo–; ¿no ves que cuando persiguieron a los pronunciados, las mujeres se pusieron a recoger a los muertos? Pues Bartolita la revendedora te encontró; te puso en su carreta y te cubrió la cara para que no te conocieran los demás. Veniste con muchos muertos y al pasar por aquí te entregó a mi tío. ¿No ves que Bartolita es comadre de tu mamá? ¡Uh! ¡Si hay más muertos y heridos en el pueblo!...

¡Bendiga Dios a Bartolita que me salvó de aquellos chacales hambrientos!

Por allí íbamos en larga conversación entretenidos, bien que en ella diera yo a la niña la mayor parte por mi excesiva debilidad, cuando apareció el venerable cura Don Benjamín Marojo.

Celebró el buen anciano mi mejoría y regañó a la sobrina, que en vez de charla debiera haberme dado alimento luego que abrí los ojos. Corrió la alegre niña a la cocina, y el cura, sentándose a la cabecera, me reprendió dulcemente por haberme metido en camisa de once varas [89]. Y a fe que bastante hubo de dominar su carácter para no ser duro; gracia que por aquel solo día me concedió, en atención a mi debilidad y a las punzadas de mi herida.

Aún suspiran en mi tierra viejas y viejos por el padre Marojo, que quedó allá como inimitable tipo de sacerdotes buenos; y cuentan las

---

89 *Meterse en camisa de once varas*: meterse en problemas.

madres a sus hijos la biografía humilde del cura, con más colorido que Castelar[90] la vida de Byron. Comienzan por decir que era alto y flaco, encorvado y reumático; continúan que llevaba algo exagerada la nariz, la boca grande y al andar pesado, y concluyen con el resumen inesperado de que no era feo. Y en efecto, si es lo feo lo que desagrada, aquel viejo era un buen mozo.

En su ministerio, Don Benjamín cumplía con sus deberes estrictamente, extendiéndose más allá por la caridad y buenas obras; si bien no formó jamás hermandades, cofradías ni otras instituciones semejantes de notoria piedad y beneficio; pero no tuvo la culpa, pues aún no estaban en privanza[91] estas asociaciones, que después han venido a llenar un vacío notable y lastimoso.

No era gran predicador; pero tenía el talento necesario para enseñar con el ejemplo, sistema *objetivo* que no es fácil aplicar con frecuencia, especialmente en los pueblos cortos[92]. Y con decir que no era gran predicador, sobra para manifestar que habría sido incapaz de arreglar y llevar a término el concordato de que ahora se habla o de llegar a cardenal, no obstante que bien pudiera llegar a santo.

Hablaba con voz ronca y muy de prisa, comiéndose una o dos sílabas de cada palabra, pero así y todo, sus consejos llegaban al fondo del alma y sus duros regaños, de los que nadie escapaba, imponían y dominaban. ¡Y decía una misa! ¡Qué misa! Veinte minutos y ¡fuera! Las viejecitas se le querían comer de gusto; porque las mujeres, por más que sean amantes de la oración, no encuentran en la misa condición más apreciable que la brevedad.

Tal era el hombre que me recogió con cariño, y que durante mi curación me prodigó los cuidados de verdadero padre. Su sobrina, chica de catorce años, inquieta, vivaracha y charladora, llenaba mis ratos amargos con su dulce garrulería alegre y pintoresca. Quería mucho a Remedios y me hablaba a menudo de ella, con palabras tan ingenuas y tan cariñosas que me parecía que la besaban.

La curandera me visitaba todos los días y me hacía alguna curación enteramente inútil, puesto que mi herida no tenía importancia real y la cicatrización estaba encomendada a la naturaleza. La conmoción cerebral producida por el golpe había sido lo principal. Sin embargo, el buen padre Marojo, se calaba las gafas y observaba atentamente la

---

90   *Castelar*: Emilio Castelar y Ripoll (1832-1899) famoso orador y autor español a quien Rabasa dedicó un largo poema. Su libro *Vida de Lord Byron* se publicó en Madrid en 1873.

91   *Estar en privanza*: estar favorecidas, de moda; gozar del favor de alguien importante.

92   *Cortos*: pequeños, no desarrollados.

herida, siguiendo las explicaciones que Doña Eufrasia le hacía con mil extravagantes pormenores.

Una mañana me asomó a la ventana que daba a la plaza, acompañado de Felicia.

—Mira, le dije; ahora están barriendo la plaza. Esto es cosa nueva, pues nunca se ha hecho.

—Porque no había quien barriera –me contestó–, riendo con malicia. ¿No ves quiénes trabajan?

—¡Es verdad! –exclamó asombrado–: aquél es Arenzana... ¿no? Aquel otro es Bermejo... ¡Pero Bermejo es empleado del Gobierno!

—Ya no; le quitaron el empleo, según oí decir a mi tío, y puso Don Jacinto a Pepo Gonzaga en su lugar; ya sabes, el más chico.

—¡Qué barbaridad! Estos pobres nada han hecho, ni se meten con nadie. Aquellos otros de la izquierda son tres regidores. ¡Este Coderas es un sultán aquí!

¡Ah! Si ha hecho mil cosas; dicen que el Presidente está en la cárcel, y al juez ya le iban a meter también, porque no quería sentenciar en favor de los Gonzagas un pleito que tienen con el español; pero siempre dicen que dio la sentencia y quedó de amigo de Don Jacinto. Al pobrecito español le embargaron la tienda.

—¡Es posible! –exclamé irritado.

—¡Éntrate, Juan! –me dijo repentinamente la muchacha.

—¿Por qué?

—¡Entra, entra! –y tirándome violentamente del brazo, me hizo abandonar la ventana.

—Ya te vio –continuó agitada–, y viene para acá.

—¿Quién?

—Don Abundio.

—¡Cañas!

—¡A ver si te cogen hijito, y te meten en la cárcel!

Y un momento después el síndico se presentaba en el cuarto, dejándome de una pieza.

—No te asustes, Juanito –me dijo melosamente; soy tu amigo y no corres peligro ninguno. Nada menos aquel día en la Jefatura, si yo no me interpongo con los modos que viste, no encuentras tú manera de fugarte. ¡Y vaya si lo necesitabas! Coderas habría sido capaz de fusilarte; pero en estando yo, no podía pasarte nada. No, hijo; fui muy amigo de tu padre y tuve mucho que agradecerle; pues te sirvo a ti ya que a él no lo pude corresponder sus servicios.

Y continuó por este camino sin parar, hasta declararme que mi madre estaba en la cárcel con las mayores comodidades posibles, que él había proporcionado, ya que no pudo evitar todo el daño que se le hacía.

Sin yo pedirlo, me dio informes de la revuelta y sus hombres. Don Mateo se situó en San Bonifacio con la gente que de los dispersos pudo reunir, y en doce días que desde su derrota habían corrido, se aseguraba que no sólo había reorganizado su tropa, sino que la tenía aumentada. Coderas, satisfecho de su triunfo, temía aventurar su gloria, yendo a buscar al tigre en su madriguera. Por otra parte, se aseguraba que el General Baraja había obtenido una victoria completa sobre las fuerzas del Gobierno, y que ya el nacional tomaba cartas en el asunto, transando con los revolucionarios para poner paz en *aquella importante fracción de la República.*

—Es un hecho –concluía Cañas–; y yo se lo he dicho a Coderas mil veces: la revolución es justa y triunfará. Yo he continuado apareciendo como amigo de este hombre, para poder contenerle un poco. Y si por mí no fuera, ya habría hecho mil atrocidades.

Me quedé pasmado; pero encontraba yo satisfactoria la explicación de aquel hombre, que hasta se me fue haciendo simpático.

—¡Juzga uno tan ligeramente! –me decía yo en mi interior.

No paró allí la bondad del síndico; Felicia se había retirado, y Cañas, acercándose a mí hasta arrojarme a la oreja el aliento, me dijo con misterio:

—Hay algo que te interesa más. Ya *esta gente* sabe todo lo que te acabo de decir, y Soria está desesperado porque teme a Don Mateo; y para evitar de una vez que vuelva a apoderarse de Remedios, se propone casarla en estos días. Resérvate esto y ten cuidado. La quiere casar con Pepe Gonzaga, quien está muy anuente, tanto porque la muchacha lo vale, como porque Soria es rico y Pepe muy ambicioso.

¡Calcule el lector el efecto que me produciría esta confidencia!

– XIV –

La Fuga

—Eres un muchacho loco —me dijo el Señor Cura con semblante irritado—; treinta y dos años llevo de ser cura de San Martín, y conozco a esta gente como las palmas de mis manos. A todos estos los he visto nacer, y sé cómo son y cómo fueron sus padres y sus abuelos. ¡Bah! de estas bolas he visto muchas, y todo lo que está pasando ya me lo sabía sin que me lo dijeran. A Coderas porque triunfó en la acción le mandó el Gobierno el grado de Teniente Coronel; y a Mateo porque perdió, le manda Baraja el de Coronel. A Camilo Soria no le importan los derechos del pueblo; y como ya está rico, no se habría metido en la bola si no fuera porque quiere ver colgado a Mateo, y quedarse con Remedios para seguirla azotando como antes. Sí la casaría si pudiera; pero el mismo miedo que a él le inclina a dar ese paso impedirá a Pepe Gonzaga aceptarle.

Mucho me tranquilizaban estas justas observaciones; pero no podía yo esperar con calma los acontecimientos.

—¡Pues que al fin me voy a enojar! —exclamó Don Benjamín, amenazándome con el dedo–; si intentas salir de aquí, te hago aprehender, aunque te lleven a la cárcel, pues al fin mejor estarás allí que en campaña. Vamos, hombre, vamos; Remedios está con su padre, y aunque éste sea un bruto la guarda mejor que tú. Está encerrada en casa de Cañas. Antes de cinco días Mateo viene sobre San Martín, ya verás; y como es seguro que toma la plaza, Soria huye y Mateo recobra a su sobrina. ¡Mira cuánto enredo y cuánta cosa por un mal paso, por la picardía de Camilo de no casarse con la madre de Remedios!

—Muy bien calculado... ¿pero si no es así? ¿Y si Soria se lleva a Remedios a otra parte y la casa con cualquiera? ¿Y si se la entrega a su endemoniada mujer y ésta la ahorca? ¿Y si cometen un atropello con mi madre? No; lo que es al señor Cura no le replico; pero resueltamente me escapo.

Después me decía la encantadora Felicia, seduciéndome con sus ingenuas y graciosas palabras.

—Ni remedio, hijito: aquí te quedas aunque revientes, porque mi tío dice que no te has de ir. Yo tengo encargo de cuidarte, desde las cinco de la mañana hasta las siete de la noche; después corres de su cuenta. El mozo y el sacristán ya saben que no han de dejarte salir... ¡Huy, hijito! si vieras que regaño me dio el tío porque te dejé asomar a la ventana y te vio Don Abundio! Dice que Don Abundio no te ha delatado porque sabe que la revolución está ganando; pero que si cambian las cosas, es preciso que te escondas en otra parte, porque te denuncia tu amigo. ¡Ah! Ya le mandé decir a Remedios que aquí estás; yo no la he visto porque no la dejan salir. Le mandé decir que aquí está *azafranillo,* y se puso muy contenta y te manda memorias y dice que te cuides mucho. No te enojes por lo de *azafranillo:* así te llamábamos el diez y seis de Setiembre, por el vestido que tenías. ¡Y te veías muy guapo, no creas! Pero esta Remedios es muy tonta, y con sólo verte se pone colorada y se le encienden las orejas. Un día le dije, al pasar tú, «mamacita, ¡qué tal cuando te cases!» y me pegó en la boca y le dio mucha risa.

La deliciosa charla de Felicia me hacía pasar de uno a otro sentimiento bruscamente; pero siempre la encontraba yo dulce e interesante.

Aquella vez concluyó por decirme clavando en los míos sus ojos pardos:

—Bueno, Juan, ¿y cuándo te casas?

Imposible contener el inquieto espíritu del hombre que tiene las alas poderosas de la juventud, y que se siente aguijoneado por los más vivos sentimientos. Todos lo sabemos cuando jóvenes, y todos lo olvidamos al llegar a la ancianidad juiciosa y paciente. Ahora, cuando los años han agotado mis bríos, pienso a veces que el Padre Marojo tenía razón, y más de una vez he dado también consejos que no habían de ser oídos.

¡Nada! ¡Nada! Era vergonzoso permanecer escondido como un cobarde, cuando mi madre estaba encerrada en una prisión, y Remedios corría peligros y vivía en poder de un hombre que sólo reclamaba sus derechos de padre para tener el gusto de atormentar a su hija. Bien podía predicar el Padre la paz y el trabajo a sus feligreses tímidos o dichosos; pero que me dejara en libertad a mí que sentía el coraje del león herido, y que no conocía desde días atrás una sola satisfacción, ni el vislumbre de un instante de alegría. ¡A la calle! ¡Al campo! ¡A buscar en la lucha la salvación de mis dos ángeles, o la muerte, si aquello era imposible!

Remedios y yo nos comunicábamos por medio de una mujer que iba a la casa de Cañas en nombre de Felicia, aunque con poca frecuencia para no hacerse sospechosa. Me mandó decir que antes la matarían que consentir en casarse con nadie; que estuviese sin cuidado a este respecto; pero que me avisaba que quería su padre mandarla no sabía a dónde, aunque sí que era muy lejos, muy lejos.

Esto acabó de determinarme a llevar a cabo mi escapatoria de la casa del Padre Marojo. Y una noche en que caía esa llovizna de Noviembre fina y constante, desprendida de un cielo encapotado y plomizo; cuando el reloj hubo dado sus doce campanadas sordas y continuaba su tic tac fastidioso, busqué a tientas en el cuarto un garrote de que con anticipación premeditada me había provisto para tener arma, y abriendo silenciosamente la puerta me puse en el patio.

El mozo dormía en el corredor, y fue menester el mayor cuidado para no dar lugar a que despertara. Vencida esta dificultad, la evasión era sin duda más fácil que la de un voluntario desertor del ejército, con lo cual todo queda dicho. La fuga quedaba reducida a apoyar un madero en la muy baja pared del traspatio, romper media docena de tejas al ponerme sobre ella a horcajadas, y dar un salto a la calle opuesta a la plaza.

Todo esto se realizó sin más percance que cierta alarma en el gallinero, de donde partieron mil cacareos malhumorados, por la interrupción del sueño tranquilo que sus alados habitantes disfrutaban.

Una vez en la calle, miré al cielo, bendije aquella honrada casa que abandonaba como criminal, me persigné devotamente y...

Me quedé perplejo al llegar a este punto; pues hasta entonces me ocurrió preguntarme:

—¿A dónde voy?

– XV –

Un encuentro

No vacilé mucho tiempo, pues muy a poco me contesté:

—A cualquiera casa del barrio del Arroyo.

Y eché por la calle adelante, procurando ver en la oscuridad de la noche, para evitar una sorpresa.

Por fortuna no tuve la locura de ir en busca de Remedios, seguro de que Soria y Cañas tendrían la casa escoltada y las entradas de la calle bajo la más cuidadosa vigilancia.

Anduve con lentitud calculada para evitar el ruido de un tropezón en piso tan irregular y tan ocasionado a golpes, no obstante que me sentía presa de la impaciencia del temor. Gracias a que Coderas no contaba con gran número de tropa, no podía poner muchos retenes en el interior del pueblo, pues habría tenido necesidad de dispersar en ello su fuerza, inutilizándola para un caso de asalto. La precaución consistía por esto en piquetes avanzados sobre los caminos, aunque la circulación interior quedaba bastante libre. Algunos oficiales recorrían a caballo el pueblo, dormitando al paso lento de las cabalgaduras.

Apoyado en mi bastón, con un frío que me calaba los huesos, y pudiendo apenas soportar en la cabeza el sombrero que aún conservaba las negruzcas manchas de mi sangre, caminaba yo excusando obstáculos, deteniéndome para dejar paso al oficial de a caballo oído de lejos, separándome con cautela del lugar en que los perros me gruñían y que con sus ladridos podían venderme.

Al fin me vi en pleno barrio del Arroyo y me atreví a caminar con menos temores. Me detuve un momento para elegir la casa a cuya puerta llamaría, después de corta vacilación, opté por la de Pedro Martín. Continué mi camino, doblé a la izquierda, y cuando me faltaban obra de cincuenta varas para llegar, me asaltó un justo temor: puesto que según sabía yo, la casa de Don Mateo estaba convertida en cuartel, y la mía en hospital, ¿qué habría hecho Coderas de la del indio que movía a todo el barrio, y que tanto era notado de valiente y astuto? Pensé entonces que la casa de Pedro no podía por sus pobres condiciones emplearse como las otras, y me dije: «o la han incendiado o la mujer de Pedro ha sido respetada para no irritar a los pocos del Arroyo que quedan en San Martín».

Me acerqué: la casa estaba como siempre; avancé hasta la puerta, y casi la tocaba, cuando un bulto, surgiendo delante de mí, se me arrojó encima. Más que vi, presentí el ataque; desvié ágilmente el cuerpo y asesté un garrotazo que produjo un sonido seco y arrancó un quejido ahogado a la víctima; pero el palo saltó de mi mano y se perdió en el negro suelo de la calle. El ofendido oyó caer el palo, y mientras enderezaba el dolorido cuerpo me dijo a media voz llena de ira:

—Cuidao, amigo; ora voy yo.

Desarmado, y dándome por muerto, oí aquella voz como bajada del cielo.

—¡Tío Lucas! –me apresuré a gritar.

—¡Aguárdese!

—¡Soy yo, soy Don Juanito!

—¿Don Juanito? –preguntó el viejo, acercándose machete en mano y con desconfianza. ¡Qué palo me ha dao tan bueno!

—Vd. tuvo la culpa, hombre.

—¡Huy! –murmuró el viejo apretándose las costillas.

—No hay que perder tiempo –le dije–; vamos al caso, ¿qué hace vd. aquí? ¿Dónde está Don Mateo? ¿Y Pepa?

—Entremos aquí y yo le contaré; porque hace un ratito por poco me agarra un piquete que salió al camino.

Tocó el tío Lucas la puerta con los nudillos, y una voz chillona y que parecía acostumbrada a la altivez nos gritó.

—¡Quién!

—Yo, Minga; ábreme, que aquí está Don Juanito –contestó el tío.

Y a poco se abrió la puerta, y entramos en una pieza caliente en que dormían cuatro muchachos de menos de diez años y una mujer de edad avanzada, madre de Minga.

—Hija –dijo el compadre de Don Mateo–; dame un trago de aguardiente, porque he andao mucho, y aquí Don Juanito me reventó el lomo de un palo. También él tiene frío y necesita algo caliente.

Y entre trago y trago de una botella que Minga colocó sobre la poco limpia mesa, charló el viejo una media hora, a la luz de un candil de manteca de menguada y movible llama.

En San Bonifacio quedó muerto uno de los acompañantes del tío Lucas, y cuando yo huí con Remedios, sostuvieron ellos la puerta algunos momentos mientras yo me alejaba. No pudiendo resistir más, abandonaron la defensa, y atravesando a todo correr el patio, salieron por la puerta del campo; oyeron la descarga que hirió a Remedios y echaron por los jacales del rumbo opuesto, ganando el bosque. Pepa allá se quedó, y como fue la única persona que encontraron, sufrió, por todas las demás, veinticinco azotes y veinticinco mil atropellos. Vieron después el incendio de la casa, y cuando se persuadieron de que los asaltantes se habían retirado, que fue a la mañana siguiente, volvieron a la hacienda en busca de la pobre Pepa a quien recogieron y cuidaron.

Luego el viejo, con una satisfacción brutal, me refirió los pormenores de la revancha decretada por Don Mateo en su campamento de San Bonifacio. El mismo tío Lucas con diez hombres a sus órdenes, fue al Roblar y quemó la casa, el trapiche y el cañaveral, aplicando cincuenta azotes a dos criadas que encontró, pues la mujer de Soria se puso oportunamente en cobro [93], con cuanto pudo salvar del saqueo.

Con pena declaro que esta conducta salvaje, y estos actos de fero-

---

[93] *Ponerse en cobro*: refugiarse en lugar seguro.

cidad infame, me iban pareciendo menos horribles cada día. La bola me estaba haciendo el peor mal de que es capaz: disminuir la energía de mi juicio moral.

Concluyó el viejo explicándome la situación. ¡Ah! Ese maldito de Perfecto tenía la culpa de la derrota. El tío Lucas se lamentaba de no haber estado en la acción y de que yo no hubiera matado a Perfecto, quien estaba todavía algo tonto a consecuencia del golpe que yo lo descargara. ¡Cuánto celebré la noticia de que estaba vivo!

Don Mateo tenía seiscientos hombres en San Bonifacio, y el General Baraja le había mandado cincuenta fusiles, que aunque algo inútiles, al fin eran fusiles y tenían bayonetas.

—Mañana tomamos el pueblo –agregó el viejo, como si se tratara de tomar un real[94] de aguardiente.

—¡Mañana! –exclamé yo con verdadera animación.

—No le quepa duda. Yo vengo a dos cosas: una, ver cómo están las trincheras que han puesto aquí, y mandárselo decir a mi señor compadre; otra, reunir veinte o treinta hombres, pa armarlos aquí adentro, pa cuando mi señor compadre se meta en el pueblo. Este es el plan de mi señor compadre, que ya sabe, Don Juanito, que es un soldao muy práctico y muy inteligente.

—Sí, sí –dije con creciente interés–. Yo también me quedo. ¿A qué hora entrarán?

—Pos a la hora que puedan. Tal vez ora en la noche avancen algo, porque San Bonifacio está lejos. Luego saldremos pa buscar a los *muchachos;* mientras, que nos diga Minga dónde están las trincheras.

¡Qué trincheras ni qué niño muerto! En San Martín no se pensaba en tal cosa. El Jefe político, envalentonado con su victoria no trataba de encerrarse, sino de salir al encuentro de Don Mateo, a quien por mofa llamaba el *Señor Coronel,* y darle una zurra buena, porque no servía ni para limpiar su caballo, según su expresión favorita.

Salimos de la casa de Pedro el tío Lucas y yo, y escurriéndonos aquí y agazapándonos allá, recorrimos todo el barrio del Arroyo, buscando a los *muchachos,* de los cuales comprometimos hasta una veintena, bajo el concepto de que al oírse al siguiente día los primeros tiros, se reunirían, armados, con nosotros en la casa del famoso Pedro Martín.

El blanco fulgor de la aurora comenzaba a esparcirse por el hori-

94   *Real*: antigua moneda de plata, equivalente a un octavo de un peso fuerte.

zonte cuando volvimos a la casa de Minga. El viejo se tendió en el suelo, después de agotar el contenido de la botella; y un minuto después, roncaba ruidosamente. Yo rehusé la cama que Minga me ofreció, bajando al suelo a sus hijos, y me asomé al patio interior, que circuía un corral de árboles verdes y frondosos.

La lluvia había cesado cuando la aurora inundó con su alegre luz los campos de San Martín, y de las ramas de los árboles escurría gota a gota el agua recogida en las hojas. Mil gorjeos salían de los nidos colgados en la cerca; las gallinas vagaban por el patio con sus grupos de redondos polluelos, escarbando la tierra para darles alimento, y a lo lejos se oía el mugido de los bueyes que salían al trabajo. Mi imaginación vagó un momento por mundos ideales compuestos de gentes que no peleaban nunca, y no sé hasta donde llegará; si Minga, que salió a echar maíz a las gallinas, no me hubiera dicho:

—No se asome mucho; porque lo pueden ver.

– XVI –

Rumores y noticias

Cuando el sol coronó la sierra de Oriente, el viejo Lucas despertó, buscando aguardiente y algún bocado para entonar el cuerpo. Permanecíamos encerrados en la única pieza de la casa, y yo me paseaba inquieto, nervioso y agitado, con la desazón de quien presiente, no de quien teme, sucesos próximos y graves. No había medio de darme punto de reposo, y sólo a reiteradas instancias del viejo y Minga tomé algún alimento desabrido, de los que acostumbra y prefiere la gente de nuestros campos.

En medio de mis revueltas ideas, relativas en su mayor parte a los acontecimientos que esperaba, algún pensamiento me vino en que figuraron las imágenes del buen cura y su sobrina. ¡El pobre anciano iba a afligirse al notar mi separación, y su irritable carácter descargaría sus fuegos sobre la encantadora Felicia! Ignorando mi paradero, en tan difíciles circunstancias, no sabría la niña qué decir a Remedios, si ésta me enviaba algún recado. ¡Oh, no! Era preciso hacerles saber que sano y salvo, me encontraba fuera del pueblo, pues si decía mi escondite, el

Padre Morojo era muy capaz de mandarme aprehender, previo el compromiso de que no se me hiciera más daño que el de meterme en la cárcel.

¡Sobre la marcha! Vaya la madre de Minga a la Iglesia; escúrrase por la sacristía, puesto que es sospechosa por su yerno, y hable con el Padre Marojo, diciéndole que pasé por la casa de Pedro Martín a media noche, y salí sin novedad del pueblo: pero si puede atrapar a Felicia un momento a solas, dígale la verdad, pregúntele por Remedios, a quien mando mil recados y que diga sobre todo si insiste Don Camilo en llevársela muy lejos.

No podía hacerse esto en menos de dos horas, y durante ellas había un motivo más de inquietud y agitación para mí.

Minga, que salió una media hora, volvió a la casa llena de noticias de la plaza, las cuales alarmarían a cualquiera que no fuera la altiva mujer de Pedro Martín, que tenía la profunda convicción de que donde estaba su marido estaba el mundo entero, y de que no había nacido todavía el hombre capaz de tocarle un cabello.

—Estos brutos –entró diciendo–, creen que les van a tener miedo con sus trincheritas. Pos ahí están poniendo en las calles montones de tierra y de piedras y de todo.

—Déjalos, hija –contestó el tío Lucas con flema–; en algo se han de entretener. Después tendrán que poner esas cosas en su lugar, y yo les he de echar mucho palo para que se apuren.

La india, con la sonrisa desdeñosa en sus gruesos labios, me impuso de todo. La plaza estaba muy animada; todos los soldados y los presos estaban trabajando en la improvisación de las trincheras, y allá habían ido a dar en media hora todos los descontentos y aun los simplemente tibios. Coderas en persona dirigía las obras, y los oficiales, espada al cinto, vigilaban a los desgraciados trabajadores, excitándolos de vez en cuando a la actividad por medio de tal cual palabrota o cintarazo.

—Están amaríos de puro miedo –decía la india riendo.

Se trataba, según sus explicaciones, de cerrar varias bocacalles, formando un cuadro que abarcara la plaza y las manzanas o casas adyacentes. ¡Buen trabajo tendrían para realizarlo!

¿Y qué se decía en la plaza? Pues se decía que Don Mateo tenía mucha gente y muy bien armada; que había recibido fusiles de nueva invención que disparaban una infinidad de balas en un momento, y que tenía también, cinco cañones grandes, muy grandes, que de un golpe se llevaban una compañía y tres casas. Desatinos todos que indicaban la disposición de los ánimos en favor de la bola.

No vio Minga a mi madre, según me dijo cuando después de vacilar mucho me atreví a preguntarle por ella. ¡Tenía yo miedo de que fuera a decirme que también trabajaba en las trincheras!

A medida que el tiempo corría, aumentaban mi ansiedad y mi inquietud. La llegada probable de las fuerzas revolucionarias, la suerte de Remedios, las aflicciones de mi pobre madre, el éxito del asalto, todo se agolpaba en mi agitada mente, haciéndome olvidar mis propios peligros. Más de una vez, Minga o el tío Lucas tuvieron que separarme de la estrecha ventanilla que daba a la calle, haciéndome recordar mi calidad de enemigo de las autoridades, y notar la imprudencia que cometía, exponiéndome a ser visto por los transeúntes.

Pasaban para mí los minutos con lentitud de horas; me cansaba la charla del viejo, y me cargaba el desdeñoso tono con que Minga hablaba sin parar de los tiñosos gallinas que tan fuera de tiempo y tan *amaríos* de miedo, se apuraban en hacer *sus montoncitos de tierra*.

Tocaron la puerta, y yo corrí a abrirla, seguro de que era la madre de Minga quien llegaba. Abrí, y di espantado dos pasos atrás, en tanto que el viejo Lucas se ponía de un salto en el patio interior...

—Vaya, hijo –exclamó Cañas, entrando con cierto azoramiento–; ¡bendito sea Dios que al fin te hallo! Hace media hora que corro de una a otra casa, buscándote por todo el barrio; pero yo bien decía: por aquí ha de estar, porque el barrio es amigo. Llegó a casa la criada de Felicia y oí que lo daba un recado de tu parte, manifestándole que estabas dentro del pueblo, después de fugarte de la casa del Sr. Cura; y como siempre quiero servirte, y ayudar a la buena causa del Sr. Don Mateo, ¡no vine inmediatamente para acá a fin de hablar contigo.

—¡Juzgamos tan ligeramente! –pensé otra vez, reponiéndome del susto.

Pero en seguida recordé las palabras del Padre Marojo, que me repitió Felicia, y quedé suspenso.

—¿Será tan bribón este hombre? –me pregunté–. ¡El Señor Cura lleva treinta y dos años de vivir en San Martín!

Empezaba yo entonces mi carrera pública, y era preciso intentar un ensayo de hipocresía.

—No esperaba yo menos de su buena amistad –murmuré avergonzado por la mentira–; ¡como fue vd. tan buen amigo de mi padre!

—Cabal; eso es. Pues bien, se sabe en la plaza que Don Mateo avanzó anoche hasta Santa Ana, de manera que no estará muy lejos de aquí en este momento. Trae seiscientos hombres y muchos de ellos con los fusiles con bayonetas que últimamente le mandó Baraja, y es seguro que Coderas no lo podrá resistir. ¡Qué ha de resistir! Pero es preciso que Don Mateo sepa cómo anda esto, y supuesto que yo soy amigo de la causa, debo mandárselo decir ¿me entiendes? Cerraremos con tranca la puerta para no ser sorprendidos. Pues bien, mira: en la esquina de los zapotes[95] está una trinchera; otra en la de Camero, adelante de la barranquita; otra en la esquina del atrio; otra en la que está antes de tu casa, y otra aquí derecho.

Fui a la casa de Marcial. Por el lado de la cárcel no han de poner trinchera; porque como apenas tienen tiempo de medio arreglar las que más necesitan, dejan ese lado con sus naturales defensas, que consisten en la subida de la barranca grande, y el corral del Ayuntamiento que queda enfrente.

Aquel hombre vendía, pues, a sus amigos porque los veía perdidos. Comencé entonces a comprender que hay en el mundo gente digna de la horca, y que en muchos casos la hipocresía es una arma legítima.

El tío Lucas, que había ido acercándose, oyó casi toda la explicación de Cañas, y metiendo su cuchara, dijo:

—Pues me voy a avisarle.

¡Eso es! ¡Eso es! –afirmó el veleidoso síndico–. Corra, tío Lucas; y dígale al Sr. Don Mateo que digo yo ¿eh? que digo yo, que en el llano de la Cruz le van a esperar con doscientos hombres, y que si los derrota se encerrarán en la plaza; que no entre derecho, porque estas trincheras son las mejores; que entre por el lado de la iglesia y por la cárcel. Ya vd. oyó lo que dije. ¡Corra pronto, porque ya han de estar cerca! ¡Mire! ¡Cuidado lo cogen los del Jefe político que andan por el camino!

—¡Qué me han de coger! –dijo el viejo con garbo–, ¡pos pa que está el monte!

Y saliendo por el patio, saltó la cerca por donde pudo y se perdió

---

95   *Zapote*: o *sapote*, (del náhuatl *tzapotl*), árbol (*Achras zapota*) tropical, y su fruto. El árbol y el fruto comestible se llaman también *chicozapote*.

entre las casas vecinas.

—Ahora, Juanito –continuó el vejete–; te diré que yo también me voy. Antes de salir de casa, mandé a mi mozo que me trajera mi caballo al Arroyo, y ya debe estar esperándome. Me voy a la Guayaba mientras esto pasa, porque no puedo soportar la vista de las arbitrariedades que Coderas está cometiendo. Luego que Don Mateo tome la plaza (porque de seguro la toma), hazme favor de mandarme avisar para que venga yo a prestar mis servicios en la organización de todo esto. Con que hasta luego, y cuídate. Mejor no te metas.

Tocaron a este punto a la puerta, y cuando Cañas azorado buscaba en donde ocultarse. Minga, sonriendo con su eterno desdén, fue a abrir.

—Es mi madre –dijo al síndico.

Y al pasar junto a mí, añadió, indicándome con los ojos a Cañas.

—¡Cuidao!

Entró la anciana, y mirando con desconfianza al vejete, me llevó aparte con precipitación y me dijo al oído:

—Que ya están ensillando los caballos y que se llevan a la niña *al interior* pa que ni vd., ni Don Mateo ni nadie se vuelva a juntar con ella. Que está llorando mucho y que ya no lo vuelve a ver nunca. Y dice que Don Abundio es el que se lo aconsejó a Don Camilo y hasta le dio cartas pa el camino.

Me volví hacia Cañas, que ya tranquilo parecía esperarme, impaciente por despedirse de mí y tomar el camino de la Guayaba. Vio algo terrible en mi semblante irritado e inquieto; porque se puso pálido y dirigió una mirada de angustia a la puerta.

Yo me acerqué a él indeciso, vacilando entre ahorcarle o darle un trancazo en la cabeza. Retrocedió con terror hasta encontrar la pared, y allí le agarré el pescuezo con ira, estrujándole sin lástima. Lanzó un gemido de ahogo, y le solté no sé por qué sentimiento que no me dejó matarle.

—No saldrá vd. de San Martín –le dije fuera de mí–; porque necesito tenerle cerca, para ahorcarle tan luego como Remedios haya sido arrastrada contra su voluntad fuera del pueblo.

—¡Juan! ¡Juanillo! ¡Mira, hijo, por Dios! –gritaba el vejete juntando las manos. Te juro que...

—¡No jure vd.!

—¡Pero, hijo, escúchame! ¡Escúchame! —clamaba Cañas metido en un rincón y temblando como azogado[96].

—Mire vd. –le dije con tono sombrío y fuera de mí–; vuelva vd. en este momento a su casa; invente uno de esos ardides que sabe inventar, y haga que Remedios no salga de San Martín. ¡De lo contrario, por mi madre le juro, que tan luego como la plaza se tome, pegaré fuego a su casa, y le ahorcaré a vd., a su mujer y a toda su raza maldita!

—¡Juanito!

—¡Lo juro por mi madre! –repetí.

Y tomando al síndico por la nuca, le arrojé a la calle gritándole:

—¡Vaya vd.!

---

96   *Azogado*: persona enferma por la aspiración de vapores de mercurio, cuyo síntoma más
     visible son los temblores contínuos (temblor mercurial).

– XVII –

El asalto

Procuraba yo en vano aliviar y contener la inquietud y desazón de que estaba poseído, y a las cuales acudían con no poca frecuencia Minga y su madre, ya separándome de la ventanilla, ya impidiendo que quitara la tranca que sujetaba la puerta, y que inconvenientemente quería yo a cada momento apartar, ya haciéndome regresar del patio por donde pudiera escaparme, a no estar constantemente vigilado.

—¡Qué tal el Don Abundio! –decía Minga con mofa–; ¡Fíese de él! Pero no tenga cuidao, que ora ya no deja ir a la niña.

Sin embargo, hice que la anciana volviera a buscar a Felicia, para rogarle que si los preparativos de viaje no se suspendían me mandara a su criada para avisármelo. Y la buena vieja, que como madre de Minga, era valiente y desenfadada, salió de nuevo, recomendando a su hija que no me dejara hacer una barbaridad.

¡Qué día aquel para mí! El sol ascendía con una lentitud desesperante y llegó al fin a ponerse sobre nuestras cabezas. Le anciana no volvía aún, ni Don Mateo asaltaba, ni tenía yo nueva noticia de nadie. ¡Cómo pude permanecer encerrado tantas horas, sin saltar al fin la cerca y hacerme matar, no lo sé!

Cuando así me hallaba y acudía con mayor frecuencia a la ventanilla para ver si descubría de lejos a la anciana, una voz sofocada y jadeante me gritó a la espalda:

—¡Ya vienen!

Era el tío Lucas, que parecía agotar en aquel sólo día todas las fuerzas que le quedaban para la vida. Sentose el viejo en la cama de Minga, con la boca abierta y movimiento de fuelle de herrería en la caja del cuerpo, llevando con la cabeza el compás violento de la respiración.

A pesar de su sofocación la hice hablar, aunque con palabras cortadas por el aliento con fuerza despedido. Don Mateo con su gente quedaban a media legua organizándose; el tío Lucas había enterado al Coronel de todo lo dicho por el síndico, y volvía a San Martín con orden de reunir el mayor número de pedreños para desordenar en lo posible las fuerzas de Coderas, cuando regresaran al pueblo, puesto que probablemente no querrían más que probar fortuna a campo raso. Al llegar el tío Lucas al arroyo, vio que bajaban del llano alto unos cinco hombres a galope, que eran de una avanzada de Coderas.

En efecto, cuando me refería esto, oímos en la calle ruido de caballos que pasaban corriendo y de espadas azotadas contra el estribo. Casi al mismo tiempo se abrió la puerta, y la madre de Minga, algo pálida y echando chispas por los ojos entró en la estancia.

—¡Por poco me arrollan estos perros! –dijo con ira, y lanzó una andanada de verbos y adjetivos que no puedo repetir.

—¿Qué hay? –la pregunté agitado.

—¿Qué hay? Que si no ha sido por mi sobrino Matías que está en la trinchera de la Iglesia, no puedo regresar. ¡Malditos hambrientos! Que venga Pedro y le contaré quiénes no me dejaron salir y las groserías que me dijeron. Ya digo, si no es Matías, me quedo en la plaza.

—¿Y Felicia qué dice? –le interrumpí lleno de impaciencia.

—Que los caballos están listos; pero que Don Abundio le mandó decir que le mande decir a vd. que no tenga cuidao, porque no se ha de ir la niña Remedios. Pero tenga cuenta, Don Juanito, que ese hombre es muy sinvergüenza.

Procurando que fuera al grano, la hice entonces referirme cuanto pudiera importarnos. Coderas y Soria habían acordado el plan de defensa, seguros de que Don Mateo no podría en varios días tomar la plaza; y en tanto llegarían los auxilios del distrito inmediato, cuyo Jefe político estaba en comunicación con el de San Martín. A última hora, se había determinado que Coderas saliera con doscientos hombres para probar una lucha a orillas del pueblo, apoyado en los cien que con Soria quedaban en la Plaza. Si la fortuna les era adversa (que no lo creía el arrojado Jefe), haría una retirada sobre las trincheras mejor preparadas, para determinar a Don Mateo a atacar por allí.

—Ahora lo principal –me dijo la vieja–. Le manda decirla niña Remedios, que quieren sacar a todos los presos y ponerlos en esas trincheras, pa que se asusten los otros y no puedan tirar sin matar a sus gentes.

El cabello se me puso de punta, sentí un desvanecimiento que estuvo a pique de dar conmigo en tierra, y con el semblante descompuesto y el aliento cortado, apenas pude volverme al tío Lucas. Parose éste asustado y acudió a detenerme; pero ya volvía pronto sobre mí y tomaba yo el imperioso tono que en tales casos me constituía jefe de los que me rodeaban.

—Corra vd. –le dije rápidamente–; reúna en seguida a los que anoche se comprometieron a seguirnos, y que estén aquí en el acto.

Mi voz cobraba tal autoridad e imperio, que rara vez oía yo una ligera réplica. El viejo sin hacerla se dirigió a la puerta; pero al abrirla retrocedió violentamente.

—¡Ahí vienen! –dijo a media voz.

Minga me separó de la ventana, empujándome con fuerza, y Coderas con su tropa siguió el rumbo del Arroyo con paso precipitado.

Algunas gentes del pueblo seguían a la fuerza por curiosidad, otras se asomaban a las puertas, y las menos se encerraban precavidamente, atrancando sus puertas.

Agotada a este punto mi cordura y paciencia, y sacándome la agitación de todo término juicioso, echeme fuera con el tío Lucas, citándole para aquel mismo lugar y dentro del mismo término.

Sin ocultarme, sin miramientos ni temores, corrí a la casa de Bermejo, a las de los regidores presos que tenían más inmediatas sus habitaciones, a las de todos los que sufrían en la cárcel, dando la voz de alarma con la terrible noticia que yo había recibido. En esta obtenía un hombre; en aquella una arma; de aquí sacaba un hijo espantado; de acullá un padre medio loco, y en todas sembraba el terror y despertaba las más violentas manifestaciones del odio y la angustia.

Media hora después, en el patio de Pedro Martín tenía reunidos hasta unos treinta hombres que, dignos soldados de un jefe como yo, pelearían como tigres y no se saciarían con trescientas víctimas. Quién hablaba de ahorcar a la esposa e hijos de Coderas; quién de arrastrar a Soria por las calles hasta dejarle muerto en el muladar [97]; quién de saquear la casa de los Gonzagas; quién de pasar a cuchillo a todo el barrio de las Lomas, con excepciones muy contadas. Y a mí me parecía bien todo aquello, y aprobaba enérgicamente tan salvajes propósitos, mientras daba armas a los que no las tenían, y comunicaba mis órdenes al tío Lucas.

Oyóse en aquel momento la primera descarga de la pelea, y yo sentí que recorría mi cuerpo un escalofrío mezcla de terror y de impaciencia por combatir. Me sentí empujado hacia a la plaza, y los labios rebosando palabras de un lenguaje soez, que yo mismo me admiraba de saber. Lo malo predominaba en mí, y sucedía que al encontrarme en el encendido elemento de las pasiones de la bola, inconscientemente me trasformaba, nivelándose mi temperatura con la del aire que respiraba.

En tales momentos no tuve la idea de formar un plan de campaña. Yo sabía que iba en defensa de mi madre, cuya vida estaba gravemente expuesta, y que debía acudir violentamente a mi objeto. Cómo lo procuraría, ni lo pensé ni me ocurrió pensarlo. El tío Lucas se atrevió a recordarme que el objeto del Coronel era que desconcertáramos al enemigo en su retirada.

—¡Síganme todos! –grité con imperio.

Y todos me siguieron con bríos iguales a los que me animaban.

Nos dirigimos por detrás de la casa de Minga hasta las últimas del pueblo, y enderezando allí el rumbo a la derecha, caminamos a paso veloz paralelamente a la calle que conducía a la plaza. Detuvímonos al llegar frente a ésta, no sin asombro de los vecinos, y una vez allí, nos acercamos cautelosamente hasta tener la cárcel a la vista.

---

97   *Muladar*: lugar donde se echa el estiércol o la basura de las casas; basural.

Ajenos de tener enemigos tan cerca, los de la plaza estaban atentos al ruido de la fusilería que se descargaba casi a orillas del arroyo. Delante de nosotros estaba la subida de la barranca para llegar a la plaza y a la puerta de la prisión; y en ésta que apenas podía verse, porque se interponía el corral del Ayuntamiento, se divisaba un centinela.

—No han sacado a los presos todavía –dije a mis compañeros. Esperemos aquí hasta ver algún movimiento que indique que se trata de sacarlos.

Una sola escopeta había entre nuestras armas; las demás o eran machetes o garrochas o cuchillos amarrados al extremo de una asta. Yo, sin embargo, me creía invencible.

El estruendo lejano de los fusiles, que a decir verdad no era mucho ni espantable, dado el corto número de los combatientes y el más corto aún de las armas de fuego, se hizo menor al cabo de algunos minutos, y los tiros aislados que se oían me parecieron disparados dentro ya de San Martín. Hice a mi gente que se acercara hasta el pie de la subida, quedando yo en el sitio para no perder de vista la cárcel; y corrí a alcanzarla, cuando las descargas de las trincheras me hicieron comprender que Soria había entrado en la plaza y que Don Mateo estaba frente a ella.

Subimos hasta el corral antes de que el centinela pudiera dar la voz de alarma, y cuando Coderas y Soria rechazaban a Don Mateo en su primer empuje. Cogido de improviso, el centinela huyó hacia la plaza; y nosotros, sin calcular la imprudencia de nuestra impaciente acción, nos echamos sobre la puerta de la cárcel, y a pocos esfuerzos la hicimos saltar hecha pedazos.

– XVIII –

Última lucha

El Coronel Cabezudo no había echado en saco roto las noticias que el tío Lucas le llevara de parte de Don Abundio Cañas, y dejando a Pedro Martín encargado de las fuerzas que inútilmente atacaban la trinchera más fuerte, hizo un movimiento rápido para embestir por el lado de la cárcel. Mas no lo fue tanto que Coderas no tuviese tiempo de mandar a la defensa de aquel punto a Soria con buen número de soldados. De aquí que al romper nosotros la puerta de la cárcel, recibiéramos a la vez, aunque a distancia, las descargas de la plaza y de los asaltantes, pues unos y otros nos tuvieron por enemigos.

Dos de mis hombres cayeron heridos, y el resto, asustados por la sorpresa, se entraron en la prisión, poniendo en el último punto del terror a los infelices presos, que se refugiaron en el patio y piezas interiores.

Entré yo el último y los animé con mis voces obligándoles a salir para auxiliar la entrada de Don Mateo; pero apenas asomados a la puerta, recibimos otra descarga y retrocedimos.

Los asaltantes llegaron hasta el corral, de suerte que cuando el estruendo de los fusiles lo permitía, oía yo las voces de Don Mateo. Soria, detenido por el fuego enemigo, quedó a pie firme junto a la Jefatura, sin avanzar ni retroceder. Ambos temían al enemigo que suponían dentro de la cárcel. Al fin avanzaron unos y otros, y en medio del humo de la pólvora y del polvo del suelo, que formaban como oscura niebla, tuvieron un encuentro rudo junto a la cárcel, cuerpo a cuerpo. Después de algunos minutos, Soria retrocedió algunos pasos hasta estrecharse con la pared de la prisión; su gente parecía hallarse en el supremo instante de vacilación que precede a la derrota, y comprendiéndolo Don Mateo, animó a su fuerza, la empujó y oí que dio esta orden:

—¡Entra a la cárcel, Perfecto, y acaba con ellos!

¡Y sí acabaría, en la ceguedad del combate, sin reconocer a sus amigos!

—¡No! ¡No entrará mientras yo viva! ¡Echémonos fuera!

Y de un salto me puse en el lugar de la lucha, seguido de mis compañeros.

Treinta hombres más, poseídos de desesperación, eran un fuerte auxilio para la defensa, y a nuestro primer empuje, Perfecto retrocedió sorprendido, a pesar de la superioridad de sus fuerzas.

—¡El Jefe está herido! –oí decir a mi lado.

—¡Sosténganse! –grité al tío Lucas, que atacaba sin conciencia a su compadre. Y busqué al jefe herido que podía significar la derrota y la invasión ciega de la cárcel.

Soria, en efecto, bañado en sangre, se apoyaba en la pared próximo a caer.

¡Quien me inspiró tal acción! Tomé del suelo la espada de aquella fiera, y esgrimiéndola de plano con brazo rápido y fuerte sobre los soldados de Coderas, les grité:

—¡Yo soy el Jefe! ¡Adelante! ¡Al que retroceda le mato!

Y en este segundo encuentro, más duro y sangriento que el anterior, el Coronel y su tropa retrocedieron hasta el corral, a pesar de los ternos, blasfemias y cintarazos del terrible y colérico cabecilla.

En vano traté allí de hacerme oír de Don Mateo o de alguno de sus hombres; en vano agité un pañuelo blanco que sabía yo que suele significar la suspensión momentánea de la lucha: ni era yo visto ni oído. Y como mi fuerza, no hostigada por golpes ni voces en aquel instante, detuvo su avance, supúsola el Coronel debilitada e hizo un último empuje.

—¡No hay remedio! –pensé.

Y dando las voces necesarias, y animando con el ejemplo de mi arrojo, me eché sobre la mal parada gente de Don Mateo.

Toda la dificultad consistió en hacerlos llegar al descenso de la barranca, en donde la gravedad, que en nada como en los combates demuestra mejor su imperio, obró el efecto de arrastrar a los asaltantes en revuelto remolino y desorden, hasta lo más hondo del terreno y lo más completo de la derrota.

Ordené violentamente al tío Lucas que se colocara solo en la puerta de la cárcel, calculando que al volver Don Mateo (como volvería) sobre aquel punto, viéndole abandonado le observaría con tranquilidad y reconocería al viejo, que por precaución quedaba también provisto de un pañuelo blanco atado a una asta. Y tomada esta medida, me dirigí a la plaza a paso de carga, poniendo a la vanguardia a mis primeros acompañantes, armados ya de fusiles recogidos en el campo.

Los soldados de Coderas, con que acababa de rechazar a Don Mateo, me servían ahora para atacar a su jefe. Para ellos daba lo mismo, si mi espada les sacudía las espaldas y mi voz, la voz del vencedor, los alentaba en la pelea. Ni comprendían ni trataban quizá de comprender tal embolismo[98].

La fuerza de la trinchera principal, mandada en persona por Coderas, se vio, pues, atacada por la espalda, y después de una corta resistencia abandonó su puesto, replegándose sobre la iglesia. Pedro Martín, que por su arrojo y su torpeza había perdido mucha gente, entró en seguida a la plaza; y cuando atacada por su fuerza y la mía, la de Coderas se dispersaba, corriendo en todas direcciones, Don Mateo, jadeante y agitado, llegaba por el lado de la cárcel y la Jefatura, para tomar parte de la victoria, ya que tan principal la había alcanzado en la derrota.

Lo que pudiera seguir a este triunfo me importaba a mí poco o nada. ¡Había yo salvado a mi madre y logrado impedir el rapto de Remedios! Ellas eran mi único galardón; mi único laurel, las bendiciones

---

98 *Embolismo*: (fig.) confusión, enredo.

de la una y de la otra y una mirada agradecida.

Dejé a Don Mateo y a Pedro Martín la triste tarea de perseguir a Coderas y afligir a los míseros vencidos, y corrí a la cárcel en busca de mi pobre madre.

El tío Lucas permanecía a la puerta y entró conmigo en el patio y piezas interiores de la prisión.

—¡Ya están libres! –gritó el viejo a los acobardados presos del patio–. ¡Hemos ganao!

Todos prorrumpieron en exclamaciones de gozo.

Yo, no encontrando allí a mi madre, entré en un cuarto cuya puerta estaba entornada; y apenas di un paso en la estrecha estancia, sin distinguir por la escasez de luz los objetos, oí una voz que con supremo gozo exclamó:

—¡Mi hijo!

Corrí a la cama en que mi madre se hallaba, y anudada la garganta, y ahogada la respiración, me puse de rodillas, junté mi frente a la de la noble mujer, y mis lágrimas se confundieron con las suyas y se confundió el calor de nuestros sollozos.

—¡Bendito sea Dios! –dijo al fin–. ¡Cuánto he sufrido por ti!

Cuando levanté la cabeza, vi que mi madre no estaba sola; una mujer del pueblo la acompañaba.

—¡La pobre Remedios, es un ángel! –añadió mi madre–. Sin sus cuidados me habría muerto aquí. Ella me ha enviado no sé cómo, estos muebles y esta fiel compañera para asistirme en mi enfermedad.

¡Bendita niña! ¡Cuán poco era lo que yo había hecho por corazón tan noble y generoso! ¡A haberla tenido allí cerca la habría ahogado entre mis brazos!

Aquella misma tarde, cuando las campanas eran echadas a vuelo por los vencedores, trasladé a mi madre a la casa del señor Cura, porque la mía estaba convertida en hospital de sangre. Pero al mirarla a la luz más clara, quedé helado de espanto: estaba flaca, envejecida y de un color amarillo terroso que daba miedo.

– XIX –

El vencedor

Para mi alma adolorida y azotada por la inflexible conciencia que me culpaba de la enfermedad de mi madre, no hubo halagos de triunfo ni vanidad de victoria.

A pesar del cansancio que me agobiaba y del sueño que hinchaba mis párpados, no podía ni quería dormir aquella noche. Felicia me instaba, aun frunciendo el terso ceño, no hecho a gestos de enojo, y me amenazaba con no mandar recados a Remedios, si no la obedecía.

—¡Tonto! –exclamaba la dulce niña, mirándome de mal talante; yo cuido mejor que tú a la señora, y hasta la quiero más. Acuéstate, duérmete. Llegarás tú también a enfermarte, y lucidos quedaremos contigo! Dona Eufrasia dice que esta es una calentura de la hiel, y por eso está amarilla la señora; pero que con el cocimiento que mandó y el sudorífico, quedará buena muy pronto. Anda, hijito ¡si pareces una criatura!

Y como no obedeciera, añadió:

—Remedios te está calentando la cabeza. ¡Hombre, si ya está con su tío! Y como a ti te lo debe todo Don Mateo, según dice el pueblo entero; ni modo de decirte él que no, y dentro de un mes te casas con esa monísima de Remedios. ¡Malvado! ¡Si yo fuera hombre, te la quitaba!... Anda, ¡acuéstate por el amor de Dios!

A la madrugada tuve que obedecer, y fatigado del cuerpo y del espíritu, me rendí al sueño. ¡Pero no había en él el descanso que yo necesitaba! Escenas de sangre y horror se presentaban en mi imaginación activa, con los relieves de la verdad, y con frecuencia asomaba en ella la imagen de mi madre con su amarillo color, su semblante enflaquecido y sus ojos abrillantados por la fiebre. Y presa de la pesadilla que inútilmente trataba de sacudir, inundaba el sudor mi frente y un temblor convulsivo se apoderaba de mis cansados miembros.

Desperté al salir el sol, y vi a Felicia sentada a la cabecera de mi madre, que aún dormía con el letargo de la fiebre. Volvió la niña el rostro, iluminado por la luz de una vela espirante, y me pareció que el ángel guardián de mi madre había tomado cuerpo material para servirla.

Cuando la niña me vio despierto, dio a su semblante el aire picaresco que le era característico, y me dijo en voz baja, sonriendo:

—Toda la noche has estado soñando, y yo me he divertido contigo. ¡Dijiste unas palabrotas!... Como si hablaras con Pedro Martín.

Estaba yo vestido y me levanté en seguida. Felicia me dijo que mi madre había sudado bien y que estaba un poco más fresca; pero al tocarla sentí que ardía.

—Mi tío vino al amanecer –añadió la niña, y me dijo que iba a despachar inmediatamente un mozo para llamar al médico de San Andrés. Mañana estará aquí; no te aflijas, hijito; teniendo médico no hay que temer nada.

En San Martín, se creía formalmente que en habiendo médico nadie podía morirse, y esto aun cuando la experiencia les mostrase frecuentemente lo contrario. Y como yo no tenía porque escapar de la regla común, me tranquilicé bastante con aquella noticia.

—Mi tío está muy enojado contigo –me dijo Felicia más tarde. Dice que esto no ha terminado todavía, y que el Gobierno ha de mandar tropas que saquen de aquí a Don Mateo; que tú estás ya muy comprometido porque fuiste el que tomaste la plaza. Dice que es preciso que

te muevas; y que averigües cómo andan las cosas; porque el periódico
que vino ayer dice que se rindieron toditos los pronunciados y que ya
no hay bola en ninguna otra parte más que aquí.

Esto sí me desconcertó, y tanto por averiguar la verdad de aquellas
noticias, como por huir de los regaños del señor Cura, me eché a la calle
y tomé el rumbo de la Jefatura, puesto que allá debería estar el Coronel
Cabezudo, organizando a su manera el Distrito.

Quería también saber qué suerte habían corrido Soria y Coderas,
Cañas y los Gonzagas, a todos los cuales me los imaginaba huyendo
por bosques y cerros, si acaso el primero no había sucumbido a consecuencia de las heridas que recibiera.

Entré en la Jefatura y quedé asombrado. Don Abundio Cañas
estaba allí, con la misma cara animada y plegada de arrugas que tenía
cuando un mes antes acudía yo al llamamiento de Coderas. ¡Topara
sólo en su presencia! Estaba dictando comunicaciones y circulares a
Carrasco; y cada cosa ocupaba su sitio, como si en plena paz y mediante
las fórmulas de ley, se hubiese sustituido a Coderas con Cabezudo, lo
cual tampoco importaba una mudanza esencial.

—Vamos, Juanillo –me dijo Don Mateo, arrellanado en el sillón de
la Jefatura–; ya me tenía con cuidado su ausencia. Me han dicho que
la señora está mala. ¿Cómo sigue...? Me alegro mucho. ¿Llamaron al
médico? Muy bien pensado; muy bien pensado. Esos canallas tienen
la culpa de todo. ¡Canasto! Ya verán ahora cómo les va.

—Sí, eso es –dijo Cañas sin saber lo que aprobaba, y mirando lo que
Carrasco escribía.

—Yo quisiera –continuó el cabecilla, fusilar a dos o tres para hacer
un ejemplar–; pero cuando esas cosas no se hacen luego, da pena
después por las pobres familias.

—Eso es –repitió Cañas maquinalmente, sin perder de vista la
pluma de Carrasco. Un ejemplar, un ejemplar.

—¿Opina vd.?

—Sí, sí; por supuesto, afirmó el síndico.

No pude contenerme al oír al vejete desvergonzado y poniéndole la
mano en el hombro para sacarle de su distracción; le dije con duro acento:

—¡Cómo puede vd. opinar así, contra los que ayer eran sus compañeros!

—¡Juan! —me gritó el Coronel admirado de mi atrevimiento.

—¡Mis compañeros! —exclamó el síndico anonadado y sin mirarme de frente.

Pero pronto se puso sobre los estribos y añadió riendo:

—¡Cómo se conoce que este Juanito comienza a entrar en la vida pública! ¡Figúrese vd. Señor Coronel, figúrese vd. que me creyó unido a esos bribones! ¡Qué ideas de Juanito! ¿Verdad Carrasco?

Y soltando la risa con holgura, hizo que le secundara Don Mateo; y el mismo Carrasco se tomó la licencia de reírse de mi aserto.

No me quedé corrido, porque no me lo permitió la indignación, y hubiera recordado a Don Abundio que aún llevaba en la garganta las señales de mis dedos, sino me interrumpiera Don Mateo.

—Hay cosas que no puede vd. comprender todavía —me dijo—; es muy muchacho para alcanzar todas las mañas que se ponen en juego en la política. Pero ya entrará vd. en la política; ya entrará vd. y verá las cosas claras y aprenderá a arreglarlas como deben ser. Don Abundio es hombre que lo entiende y ha sido nuestra mejor ayuda; no se enrede vd., no se enrede.

Me mordí los labios y callé, dirigiendo una mirada a Cañas con que quise decirle algo inexplicable; pero que él dio muestras de haber entendido. Carrasco le repetía inútilmente la última palabra escrita: pues Cañas, puesto en gran confusión, no podía continuar el período comenzado.

El Coronel, verboso por lo satisfecho y complacido que se encontraba, se levantó, recorriendo a grandes y pesados pasos el salón de la oficina.

—¡Qué zurra les dimos! —exclamó—; pero vd. ¿dónde se metió, hombre? Le mandé decir con mi compadre Lucas que atajaran al enemigo en la retirada; pero ni vd. ni él. ¡Fiarse de muchachos! No; pues lo que es miedo no tiene vd. Lo vi en la primera acción. A mí me cargaron toda la fuerza por la cárcel; pero por más que hizo Soria no pudo contenerme. ¡Canasto! Si cuando yo digo que entro, ya entré! Ahí está Soria en casa de Don Abundio en calidad de preso. Yo quisiera fusilarlo; pero la verdad que me da lástima porque está herido y tal vez tengan que cortarle el brazo. Al otro sí lo cuelgo, si lo cojo perfecto.

—¿Me permite vd., Señor Coronel? –dijo Cañas melosamente, tomando el papel que Carrasco escribía.

—Lea vd., –contestó Cabezudo–; el fin Juan es de confianza.

Tosió el síndico, puso en el borde de la mesa su apagoso cigarrillo y leyó. Era una comunicación dirigida al Gobierno del Estado, en que Don Mateo, como quien ha obrado de acuerdo con el superior, manifestaba, que el Distrito *de su mando* quedaba pacificado, mediante la remoción de Coderas, que derrotado el día anterior por el Coronel, huía por los bosques, perseguido por el pueblo irritado; que el mismo Coronel se había encargado de la Jefatura política, separando al Juez del ejercicio de sus funciones, y haciendo que interinamente se encargara de ellas el Alcalde de la cabecera. Concluía la comunicación, redactada en hábiles y correctas frases, ofreciendo los servicios y poderosos elementos de Don Mateo, para combatir a los revoltosos, que sin razón ni fundamento continuaban alzados en armas contra el superior Gobierno del Estado.

Tan cínico documento no habría sido dictado por hombre menos bribón que Don Abundio, ni firmado por Coronel de más alcances que Don Mateo Cabezudo.

¿En qué consistía aquel cambio? En que el Padre Marojo tenía razón; pues ciertamente, el periódico oficial del Estado, anunciaba que el general Baraja se había sometido al Gobierno. El Coronel no hizo misterio para mí de tales nuevas, y me dio el periódico. Caminaba yo aquel día de asombro en asombro, y ante mis ojos se desenvolvía un mundo desconocido que me inspiraba sonrojos y temores, como acontece al niño que, llegado a la pubertad, ve de súbito corrido ante él el velo que cubría el mundo de la malicia y la vergüenza.

En efecto, ¿qué mayor sorpresa para mi buena fe de bolista subordinado, que el ver en letras de imprenta que el General Don Anacleto Baraja a la vez que se sometía era nombrado Jefe político del Centro? ¿qué mayor sonrojo que leer allí la noticia de haber sido agraciado el Lic. Gavilán con otro nombramiento en la capital de la República, que bastó para hacerle comprender que debía estarse quieto?

Sentí en aquel instante, y al ver en seguida los elogios que el periódico hacía de aquellos dos hombres, una ira que no volví a sentir jamás, quizá porque es regla que suele tener frecuente comprobación una que me daba el Padre Marojo en cierta ocasión; es a saber: que los hombres, con la edad, van perdiendo poco a poco tres cosas: los cabellos, la vista y la vergüenza. Creo que a pesar de mis esfuerzos, no he podido sustraerme enteramente a los rigores de esta terrible ley.

Oí después la lectura de las cartas particulares que Don Mateo dirigía al Gobernador, al Secretario del Despacho y a un amigo íntimo de ambos, explicándoles el por qué del levantamiento de San Martín, y cómo al ser vencido Coderas y despojado de su empleo, cesando para el Coronel todo motivo de encono, ofrecía su espada a la buena causa de los poderes constituidos, a cuyo *personal* había sido siempre adicto.

Al final de cada carta, se hacía muy especial mención de la conducta leal y habilísima del Sr. Don Abundio Cañas, merced a cuyo auxilio y eficaz cooperación, se había alcanzado aquel éxito con economía de tiempo, de dinero y de sangre.

A nadie fusiló Don Mateo, quien en verdad tenía poco o nada de cruel con los vencidos, y llenaba aquel vacío con cien mil *canastos* y un millón de amenazas sin valor.

Sin embargo, recibió todavía el vecindario (el de las Lomas principalmente), el azote de una nueva contribución, para sostener a la tropa; la cual no podía ser disuelta antes de que el Gobierno contestara a Don Mateo, y de que las cosas quedaran *como debía ser.*

Aún estaba yo en la Jefatura, cuando sucesivamente fueron llegando los Vecinos principales a felicitar al vencedor, y a ganar con sonrisas y lisonjas la fácil voluntad del cabecilla. Los Llamas, desmedrados y amarillos a consecuencia de los frecuentes sustos; Bermejo, que en su calidad de víctima sacrificada en aras de la bola, se atraía las miradas y aun quizá la envidia de los demás; Arenzana, esperando de que *el nuevo orden de cosas* traería el desembargo de la tienda; los concejales, que debieron su firmeza antes que a sus principios a la brutalidad de Coderas; y cien otros más, en los que vi revueltos a los fieles y a los enemigos, ahora reunidos todos para sostener, apoyar y levantar al digno puesto que merecía a aquel hombre superior, a aquel soldado invicto.

Todos los humillados por la bola estaban allí con caras de triunfo. El único derrotado era yo: el vencedor de Coderas.

Iba ya a retirarme, cuando Don Agustín Llamas, que era tontito por excelencia, corrió a mí y me dio un abrazo apretadísimo y sofocador.

—¡Juanito! —me gritó–, ¡le debo este abrazo, hombre! ¡Qué bien lo hizo vd. ayer! Todo el pueblo dice que fue vd. un héroe defendiendo a los pobres presos.

Todos miraron a Don Agustín espantados, y Don Justo le hacía señas de que callara, demudado y congojoso.

—¡Mire vd. que tiene mucho ingenio eso de contener a los amigos para que no perjudiquen, y luego atacar y derrotar al enemigo con sus propios elementos! ¡El señor Coronel debe estar satisfecho y orgulloso de tener a su lado a un joven como vd.!

—¡Eso no es cierto! –dijo uno.

—Son cuentos que se inventan –añadió otro.

—¡Tonterías! –indicó un tercero.

—Necedades de mi hermano que todo lo cree –concluyó Don Justo.

No quise mirar a Don Mateo, que recibía en aquel momento la primera noticia del suceso, y que veía su gloria por tierra.

—Es enteramente falso –murmuré.

Y en medio de las frases sueltas que aquí y allí se decían sobre asuntos indiferentes, para restablecer la conversación tan malamente interrumpida, salí de la oficina, saludando en general y sudando frío. No sé si alguno de los circunstantes contestó a mi saludo; creo que nadie; y supongo que tan pronto como volví las espaldas se desataron las lenguas contra mí, mientras el zote[99] de Don Agustín se excusaba como podía.

Si alguien me hubiese visto, cuando con paso precipitado y la cabeza baja me dirigía a la casa del señor Cura, habría creído que era yo el partidario de Coderas más perseguido.

¡El verdadero vencedor estaba completamente derrotado!

99 *Zote*: ignorante, torpe, lerdo en aprender.

– XX –

La enferma

A pesar de todas las trazas que el síndico se daba para prestigiar *el nuevo orden de cosas,* asegurando personalmente y esparciendo por medios mañosos que se tenían noticias muy favorables, no fueron pocos los que al tercer día del triunfo comenzaron a temer que no llevaría Don Mateo la misma suerte que el General Baraja.

—Baraja es Baraja y Mateo es Mateo –me decía el Padre Marojo en el corredor de su casa, tomando el chocolate de la tarde. Baraja tiene importancia actualmente en la capital del Estado; es hombre a quien se puede temer y de quien se puede esperar algo; pero el pobre de Mateo ¿qué cosa es? ¿Qué le importa al Gobierno que Mateo sea su amigo o su enemigo? Y si no, ahí tienes la prueba: se pronunció ahora, porque primero lo hizo Baraja, y por las instigaciones del gran Gavilán: a no ser por eso, allí se quedara Mateo en su casa quieto y cuidando de sus intereses que mejor le estuviera en verdad.

Luego añadió, sorbiendo el pozuelo[100] hasta meter en él la prolongada nariz:

---

100 *Pozuelo*: jícara para chocolate (jícara: vasija pequeña).

—Es preciso estar cuidadoso y prevenido; porque si Coderas vuelve con tropas del Gobierno, es indispensable que te largues de aquí. La pobre de Doña Francisca va a pagar tus politicadas; pues tu ausencia será bien dura para ella, caso de que Dios quiera aliviarla de la enfermedad esta que no cede todavía. Mientras tanto, no hay que dar paso en lo de tu casamiento. Veremos como viene esto; si el Gobierno acoge a Mateo (que no lo puedo creer), el asunto está hecho. ¿Qué más puede desear? ¡Bah! No ha de venir el rey de España a pedir la mano de Remedios. Y al fin la chica te quiere y tú a ella, y no se necesita más.

Al anochecer de este día, tercero de la libertad de San Martín y de la reorganización constitucional del Distrito, llegó, caballero en flaco rocín, el Doctor Don Basilio Villarena, a quien vi, en la aflicción que abatía mis fuerzas, como ángel bajado de las nubes.

Era el tal hombre más sobrio de palabras que de carnes; pero que llevaba más peso en las primeras que en las segundas. Jamás olvidaba que era médico; es decir, que podía ser charlatán impunemente en San Martín y sus contornos, toda vez que podía serlo en la misma capital de un Estado, siempre que atento a ello y llevándose la cuenta de gestos y palabras, supiese conservar cierta categoría y entalle de nigromante y astrólogo. Traía toda la barba rasurada, el pelo crecido como era entonces de sabios, y a haber vivido en los tiempos que alcanzamos, de fijo que habría sido miope por usar lentes y echar el cordón detrás de la oreja.

Don Benjamín y el doctor simpatizaban; y a decir verdad, el médico era un sujeto excelente, a quien había que perdonarle su casi justa pedantería y la escasez de sus conocimientos en la ciencia.

Después de reconocer a la enferma y preguntarle, lo mismo que a Felicia, al cura y a mí, cuanto era pertinente e impertinente, sonriendo con desdén cuando se le dijo lo que por orden de la curandera se había hecho, pasó con el Padre Marojo y conmigo al comedor, donde entre sorbo y bocado nos habló de la vesícula biliar, de su secreción, de funciones normales, de hepatitis, tumefacción del hígado, etc., etc.

Y así continuaba explicándose, de suerte que el señor Cura y yo quedábamos enterados.

Don Benjamín le escuchaba con la delectación de quien oye por vez primera un trozo de música alemana; es decir, persuadido de que aquello era bueno; pero sin saber por qué.

—Bien, muy bien –dijo al cabo–; ¿y cómo la encuentra vd.?

—Pues la encuentro –dijo el doctor–; la encuentro así, así. La enfermedad ha avanzado con alguna rapidez, pero estamos todavía a tiempo para contener sus progresos.

—Hoy –dije yo–, arrojó sangre por las narices.

—Sí, sí; ya me lo han dicho, y por cierto que eso no me gusta; no me gusta.

Mandó el doctor algunas medicinas que tomó de su botiquín: un purgante y no sé qué más.

Pasé la noche en vela al lado de la enferma que se revolvía penosamente en el lecho sin poder conciliar el sueño un solo instante. Al amanecer durmió un corto rato, agitada y nerviosa, y cuando el doctor entró para verla, una nueva hemorragia se presentaba.

Puso el galeno cara de disgusto y combatió la hemorragia, que fue esta vez rebelde. Después salió en busca de Don Benjamín, y asomándome yo con inquietud a la puerta, noté que hablaban en voz baja y que el semblante del viejo sacerdote se ponía más serio y adusto que nunca.

Me apoyé en la pared procurando ocultar el rostro con la puerta, y corrieron mis lágrimas, en las que iban confundidos los mil dolores que me herían el alma. ¡Mi madre se moría! Jamás había yo sentido las torturas de pena igual; pues era muy niño aun cuando perdí a mi padre. Ella era la mitad de mi existencia, mi ángel bueno en la vida, mi maestro en la conducta, mi consuelo en las penas, mi aliento, mi fe para el trabajo que ella misma me enseñara a amar. ¡Se moría! ¿Cómo podría yo vivir, si además de perderla me sentía culpable de su muerte?

—Vamos, Juan –me dijo el buen sacerdote poniéndome la mano sobre el hombro, y con una voz que revelaba su emoción–; ten confianza en la Providencia y no te dejes dominar por el dolor. Bueno es que la señora se confiese y cumpla como buena cristiana; pero esto no quiere decir que no tenga remedio. El doctor teme que la calentura la lleve al delirio; y como todo depende de la mano de Dios y no de la del médico, no sabemos si después podría confesarse y recibir al sagrado pan. En fin, hijo mío, muchas veces estas medicinas del alma son las mejores para el cuerpo, y los enfermos se alivian con una buena confesión.

¡Es tan hermoso creer cuando se sufre, y era tan dócil mi espíritu para ello, que me sentí vigorizado con las palabras del anciano sacerdote!

Aquel mismo día mi madre se confesó, y yo, con los ojos llenos de lágrimas, asistí a la ceremonia imponente de la comunión del enfermo que se acerca a los sombríos bordes de la tumba. Aún creo percibir en la estancia tibia el perfume de las flores y hojas aromáticas regadas en el suelo; aún oigo el sonar de las campanillas, el chisporroteo de la cera que arde, y la voz breve, grave y conmovida del respetable cura, formulando las severas preguntas del credo religioso.

El pueblo, agitado por los recuerdos de la victoria, por los temores de peligros próximos posibles, y ocupado en ensalzar al vencedor y lisonjear su vanidad, no se preocupaba por un enfermo de gravedad. ¡Nadie se acordaba de mi madre!

Sólo otro ángel, bueno y puro como ella, lloraba mis dolores y los de la enferma, y con su dulce cariño los mitigaba quizá. Vi sobre el pecho de mi madre dos escapularios y un cordón, y a su cabecera un crucifijo delante del cual ardía una lámpara débil y enfermiza. Felicia me los señaló con el dedo diciéndome:

—Todo eso lo mandó Remedios hace un rato.

Quien haya padecido dolores tan grandes como el mío, comprenderá lo que sentí cuando supe que aquella niña angelical no olvidaba a mi madre, en momentos en que nadie pensaba en ella. Quise decir algo que no alcanzó a llegar a mis labios trémulos, incliné la cabeza sobre el hombro de Felicia, que la acogió con dulce confianza, y lloré por vez primera lágrimas que no me quemaron los párpados al brotar.

Llegó otra vez la noche y con sus sombras acrecentó la tristeza dolorosa de mi alma. De nuevo el insomnio se apoderó de la enferma, que tuvo escasos instantes de reposo, merced a las medicinas de Villarena. El color amarillo verdoso de la tez era más notable, la fiebre intensa, y extremada la debilidad y abatimiento de la enferma.

Abrió una vez los ojos y me vio sentado a la cabecera de su cama. Incliné el rostro sobre su cabeza, tomándola cariñosamente una mano entre las mías, y ella me dijo:

—He rogado al Sr. Cura que mañana mismo hable con Mateo respecto a su sobrina. Esa niña te hará feliz, porque es muy buena; y como yo me voy, necesitas una compañera en la vida. No quiero irme sin saber que pronto será tu esposa.

¡Dios mío! ¡Dios mío!

– XXI –

¡Bola!

Eran las ocho de la mañana apenas, cuando el Padre Marojo regresaba ya de la casa del Coronel Cabezudo; y en tanto que el doctor y Felicia quedaban en el cuarto de la enferma, salí yo al encuentro del anciano y le detuve en el corredor. No me atreví a dirigirle preguntas por temor de que sus respuestas no fuesen hasta donde iban mis vehementes deseos; pero desde luego su turbación me turbó a mí también.

—Este es el país de los hechos consumados –me dijo al fin–; el país de las aberraciones.

Por primera vez oí estas frases que después se han hecho de estampilla[101].

—Ya regresó el correo –continuó–; y es necesario asombrarse, aunque así sea mejor para este desgraciado pueblo: el Gobierno reconoce y confirma el grado de Coronel que la bola dio a Mateo; le nombra Jefe político del distrito, y en carta particular le ofrece apoyar su candidatura de diputado al Congreso de la Unión en las próximas elecciones.

---

101 *De estampilla*: (fig.) de uso común y reiterado.

Por menos que me importaran tales noticias dada mi situación, y puesto que esperaba yo otras del párroco, aquellas me sorprendieron dejándome estupefacto.

—Este país no tiene remedio –siguió diciendo el Cura con notable disgusto–; a Cañas, al bribón ese que anduvo con unos y con otros para venderlos en la mejor ocasión, lo han mandado el nombramiento de juez de primera instancia. Bermejo se queda en su recaudación, porque al fin estuvo preso…; y así está todo lo demás. ¡Hombre! ¡Si hasta las gracias le dan a Mateo por lo que ha hecho! ¡Has visto cosa igual!

Y continuó por este camino el buen Cura, adrede a mi ver, sin que yo tuviera valor de atajarle y reducirle al que a mí más me importaba. Pero al fin era preciso decírmelo todo, y Don Benjamín llegó a ello –aunque lleno de circunloquios y con más embarazo que en el púlpito. Don Mateo estaba irritadísimo contra mí, y aseguraba que, a no ser por su vigoroso empuje, habría yo puesto en peligro el buen éxito del ataque a la plaza.

—Dice que le traicionaste, pasándote al enemigo, con armas y tropa que puso en tus manos ¡Bárbaro! ¡Como si todo el pueblo no supiera que iba a acabar con los presos y que tú primero le zurraste a él y luego a Coderas! Te tiene envidia y no te perdona la derrota; eso es todo. Pero a mí lo que más me irrita es que tenga ahora esos humos. En buenos términos, traduciendo al castellano lo que me dijo, manifiesta que él está muy encumbrado, y que si quieres casarte con su sobrina es preciso que valgas algo más que ahora.

Estaba yo trémulo, agitado y colérico; y aquel reproche a mi poco valer y a mi inferior posición con respecto a Remedios, fue un bofetón que no olvidé nunca, y algo como un acicate clavado en mis carnes para impulsarme hacia arriba.

—No te apures –continuó el párroco cariñosamente–; tú y Remedios hacen buen par y Dios ha de juntarlos. Ya verás lo que pasa con este hombre que nunca dejará de ser Mateo, el criado de tu padre; pasará que dentro de poco hará tales disparates y atrocidades en la Jefatura, que acabarán por echarle de allí; y quedando reducido a su natural y merecida nulidad, ya no tendrá los humos que ahora, y reconocerá que eres digno y muy digno de Remedios.

Pero era demasiada dulzura del Padre Marojo, y cambiando de

tono me enderezó repentinamente una catilinaria[102].

—¡Lo ves, hombre; lo ves! Todo por tu precipitación. Yo siento estas cosas por tu madre que ninguna culpa tiene; pero por ti no quiero sentirlo nada, absolutamente nada. ¡Locuras, imprudencias sin ton ni son, que están dando ahora sus frutos! Recógelos, recógelos.

Y prosiguió el cura en un regaño largo y duro, hasta que Felicia le llamó en nombre de mi madre.

Entré yo también en el aposento, y me acerqué al lecho de la desfallecida enferma. Con voz apenas perceptible, se dirigió a Don Benjamín preguntándole el resultado de su comisión.

—¿Qué dice Mateo?

El cura me vio más airado que nunca y vaciló; yo le miré con ansiedad, temeroso de que la verdad escapase de sus labios. Mi madre fijó en él sus ojos avivados por la calentura que la devoraba, y el buen sacerdote mintió por primera vez en su larga y virtuosa carrera.

—Todo queda arreglado –le dijo–; consiente y espera el alivio de vd. para hablar sobre eso.

—¡Bendito sea Dios! –murmuró débilmente mi madre.

Aquellas fueron las últimas palabras que dijo, concertadas por la razón. Cayó a poco en postración completa, presa de la fiebre que alcanzaba muy alto grado de intensidad, y las turbaciones nerviosas trajeron consigo el delirio, alguna convulsión y algo como una vida artificial agitada y angustiosa.

Llegó la noche; al delirio sucedió la quietud completa, semejante a la del sepulcro; los ojos desencajados de la enferma quedaron fijos en un punto del espacio...

El doctor habló al sacerdote, y el anciano conmovido, pero grave y solemne, cumplió sus deberes prodigando a la moribunda los últimos auxilios. Todavía aquel estado se prolongó algún tiempo, durante el cual Felicia y yo, como negándonos a dar crédito a la ciencia y aun a nuestros propios ojos, aplicamos al cuerpo casi inerte las últimas medicinas prevenidas por Villarena. Ya no había fiebre; por lo contrario, la temperatura descendía rápidamente.

A la media noche el rumor de los rezos me hizo comprender que el momento supremo llegaba. Dejé las medicinas y caí de rodillas junto al lecho, herida el alma por el dolor más grande que se puede sentir.

---

102 *Catilinaria*: (fig.) discurso vehemente dirigido contra alguien; por los discursos de Marco Tulio Cicerón (106-43 a.C.) denunciando el complot de Lucio Sergio Catilina (109-62 a.C.) luego de haber sido borrado de las listas de candidatos al consulado a causa de acusaciones de malversación.

¿A qué referir con pormenores lo que siguió después? Quizá no pudiera si lo intentara y si mis fuerzas llegaran a tanto, pues quedaron confusos en mi memoria los recuerdos de aquella noche, en que no creo haber tenido la razón en toda su lucidez.

¿Quién hay que al pensar en la madre ausente con la ausencia eterna, no se sienta niño? Me parece que hoy sería yo capaz de dormirme en su falda, risueño y descuidado como cuando contaba cinco años y aprendía de su labio las dulces oraciones de la noche. ¿Qué mucho, pues, que al describir su muerte también como niño llore?

¡Cuántos entonces, como yo, gemían en la orfandad y maldecían la bola! En aquel miserable pueblo, que apenas tenía hombres para surcar la tierra con el arado, y en que la alteza de la ciudadanía era desconocida, más que el triunfo del derecho lauros, tenían sus víctimas llantos y desesperación. Acá se lloraba al padre, amor y sostén de la familia; allá al hijo, esperanza y alimento de padres ancianos; acullá al esposo arrancado del hogar para llevarle a campos de batalla, que no tenían siquiera la grandeza trágica sino la ridiculez caricaturesca de la comedia burda.

¡Y a todo aquello se llamaba en San Martín una revolución! ¡No! No calumniemos a la lengua castellana ni al progreso humano, y tiempo es ya para ello de que los sabios de la Correspondiente[103] envíen al Diccionario de la Real Academia esta fruta cosechada al calor de los ricos senos de la tierra americana. Nosotros, inventores del género, le hemos dado el nombre, sin acudir a raíces griegas ni latinas, y le hemos llamado *bola*. Tenemos privilegio exclusivo; porque si la revolución como ley ineludible es conocida en todo el mundo, la bola sólo puede desarrollar, como la fiebre amarilla, bajo ciertas latitudes. La revolución se desenvuelve sobre la idea, conmueve a las naciones, modifica una institución y necesita ciudadanos; la bola no exige principios ni los tiene jamás, nace y muere en corto espacio material y moral, y necesita ignorantes. En una palabra: la revolución es hija del progreso del mundo, y ley ineludible de la humanidad; la bola es hija de la ignorancia y castigo inevitable de los pueblos atrasados.

Nosotros conocemos muy bien las revoluciones, y no son escasos los que las estigmatizan y calumnian. A ellas debemos, sin embargo, la rápida trasformación de la sociedad y las instituciones. Pero serían ver-

---

103 *Correspondiente*: Academia Correspondiente (de la Real Academia Española) se refiere a la Academia Mexicana de la Lengua, fundada en 1875.

daderos bautismos de regeneración y adelantamiento, si entre ellas no creciera la mala hierba de la miserable bola.

¡Miserable bola, sí! La arrastran tantas pasiones como cabecillas y soldados la constituyen; en el uno es la venganza ruin; en el otro una ambición mezquina; en aquel el ansia de figurar; en éste la de sobreponerse a un enemigo. Y ni un sólo pensamiento común, ni un principio que aliente a las conciencias. Su teatro es el rincón de un distrito lejano; sus héroes hombres que, quizá aceptándola de buena fe, se dejan la que tenían, hecha jirones en los zarzales del bosque. El trabajo honrado se suspende; la garrocha se necesita para la pelea y el buey para alimento de aquella bestia feroz: los campos se talan, los bosques se incendian, los hogares se despojan, sin más ley que la voluntad de un cacique brutal; se cosechan al fin lágrimas, desesperación y hambre...

Y sin embargo, el pueblo, cuando reaparece este monstruo favorito a que da vida, corre tras él, gritando entusiasmado y loco:

¡Bola! ¡Bola!

– XXII –

Punto final

Todos los vecinos de San Martín tomaron parte en las emociones de la bola, ya disfrutando del triunfo o celebrándole por simpatías, ya llorando a un pariente o soportando la decepción de la derrota. Sólo un hombre superior, que vivía en las encumbradas regiones de su talento, fue indiferente a todo y miraba con igual desprecio a vencedores y vencidos: este hombre era Severo. Ni sufrió ni medró, continuó en sus chismes de mala ley, persuadido de que en el Juzgado no podía tener superior ninguno, así mandaran de la capital del Estado al jurisconsulto de más polendas[104] y nombradía.

Don Mateo no fusiló a nadie, y aun recomendó al Doctor Villarena mucho cuidado en la amputación que de un brazo se hizo al desdichado Soria.

Los Llamas continuaron sus regaladas lecturas en el rancho, cuando hubieron salvado a duras penas el compromiso con Cerroverde, y agotadas las novelas que pudieron conseguir en San Martín, comenzaron en común la tercera lectura de *Los tres mosqueteros*.

---

104 *De muchas polendas*: (loc.) ostentoso, presumido.

En cuanto a Coderas; restablecido enteramente el orden en el distrito, y cuando pudo estar seguro de que nada se tramaría contra él, se dedicó al trabajo agrícola en una haciendita comprada había tiempo por Soria y bajo su nombre; pero con economías de aquél, que por mera modestia no quiso mientras fue jefe político aparecer como propietario.

Yo me retiré a mis pequeñas tierras triste, abatido y solo. Escribía yo a Remedios a veces y de ella recibía algunos renglones que respiraban siempre ternura y bondad. Ni ella ni yo perdíamos la esperanza de dominar al fin la vanidad del Coronel. Y puesto que era necesario buscar el nivel entre él y yo, picado en mi amor propio y ansioso de llegar a decirle: «Valgo tanto o más que usted», me entró grandísimo afán de hacerme hombre ilustrado, y con este fin compré y me llevé al rancho *El Litigante instruido* y un *Diccionario de la lengua,* y me suscribí a *El Siglo XIX,* periódico del cual había yo visto algún elogio en *La Conciencia Pública.*

Algunos meses después, recibí un papelito escrito con patitas de mosca y ortografía rusa[105], que decía lo siguiente:

«Juanito: Pasado mañana se lleva Don Mateo a Remedios. Ella llora mucho y te ruega que no la abandones.

Ven, y no seas bribón.

Felicia».

Yo contesté brevemente:

«Querida hermanita: Asegura a Remedios, que iré a donde ella vaya. Dale un abrazo y no dejes que llore».

. . . .

Y si esto le parece al lector insuficiente para punto final, ponga punto y coma, espere otro librito, y no reñiremos.

---

105 *Ortografía rusa:* (fig.) mala ortografía, que no se entiende.